もう、芦澤の心がどこにあってもいい。
それでも手放したくない。芦澤が気づいていないだけなら、
せめて気づくまでの間、恋人という立場でいたい。
側にいたい。抱いて欲しい。

AZ NOVELS

極道はスーツに刻印する

中原一也

CONTENTS

CONTENTS

ILLUSTRATION
小山田あみ

極道はスーツに刻印する

1

「お願いします。どうかぼくのことを雇っていただけませんか?」

「でも、うちは従業員を増やす予定は……」

「わかってます。ですから、初めからお給料をもらおうなんて思ってません。そのために貯金もしてるんです。なんなら、お金だって払います。ですから、どうかここで働かせてください」

榎田《えのきだ》は、目の前で頭を下げる青年を見て困った顔をした。一途《いちず》すぎるくらいまっすぐに、ただ自分の願いを聞いて欲しいと頭を下げられ、どう対処していいのかわからない。

歳《とし》は二十二、三歳だろうか。佐倉優《さくらゆう》と名乗った青年は、身長は榎田より少し低めで、肩ほどまでの髪を一つに結んでおり、女性的な顔立ちをしていた。切れるような美人というより、優しげな印象だ。

しかし、何を言っても聞かない頑固者だということは、会って十分で思い知らされた。

その外見からは想像できないほど、押しが強い。どれくらいの時間、終わりの見えない押し問答を繰り返していることか。

これでも強く断っているつもりだが、言い方が悪いのか、それとも榎田の人当たりのよさが仇《あだ》となっているのか、一向に諦《あきら》める気配はない。

それどころか、ますますその意思を固くしている様子さえ窺《うかが》える。

「僕なんかより腕のいい職人さんはたくさんいます。僕だって未熟だし、何も僕のところに来なくても……」

「そんなことないです。ぼくはあなたのスーツに対する姿勢に感銘を受けたんです。榎田さんのお名前は、他でも時々聞かせていただいてました。二十代で自分の店を切り盛りできるなんて、本当にすごいです」

「でも、僕は自分の力で独立したんじゃなく、父のあとを継いだ形ですから……。それに、ベテランの職人さんがいますし、その人の力もあったからです。僕の実力なんてそんなものです」

「それを差し引いても、十分才能がある方だってみんな言ってます！　人づてに伺ったあなたの人柄も仕事に対する姿勢も、全部ぼくの理想なんです。この前テレビで拝見して、完全に心は決まりました。お願いです！」

最後の言葉に、ため息が漏れる。

佐倉がここに来るきっかけとなったのは、榎田が出演した地元のテレビ番組を見たことだった。

わずか十分ほどの枠で、地元の若い職人たちに密着し、その仕事の面白さや作品のよさを紹介するといったものだ。陶芸家や家具職人、伝統工芸品の職人など、毎週いろいろな職業の人間にスポットを当てている。

もちろん、榎田はテーラーとして出演した。地味な番組ではあるが、意外に根強いファンが多く視聴率もいい数字を保っているという。

テーラーを目指して専門学校に通っていた佐倉は、それを見て卒業後は榎田のもとで働こうと心を決めたらしいのだ。もともと榎田の店や榎田本人の噂《うわさ》はあちこちで聞いており、働くならここだと決めるまで、時間はかからなかったという。

気持ちは嬉《うれ》しいが、弟子にして欲しいなどと言われても困るというのが、正直なところだ。

「本当にごめんなさい。僕は人に教える前に、もっと学ばなきゃならないことがたくさんあるんです。冷たいようですが、お引き取りください」

「そんな……っ」

捨てられた犬のような目をする青年を見て、罪悪感が湧《わ》いた。これでは、自分が苛《いじ》めているようだ。だが、これ以上無駄に時間を費やしても、お互いのためによくない。

榎田にはしなければならない仕事があるし、この青年もいつまでもこうしているより、早く雇い入れてくれるところを探して就職活動をしたほうがいい。

「その熱意があれば、きっといい職人さんの下で働けると思います。僕でなければダメだということはないんですし、ここじゃないといけないなんて決めつけずに、もっと広い視野を持ったほうが可能性だって広がります。ですから、本当に申し訳ないんですが、僕はこれで……」

そう言って頭を下げ、榎田は店の中に戻っていった。

背中に視線を感じる。

かわいそうだったかな……、なんて考えながら、少し重い足取りで二階の作業場へと向かった。

時計を見ると、四十分近く過ぎている。

「どうでした？　納得してくれましたかな？」

作業をしていた大下《おおした》が顔を上げ、いつもの穏やかな口調で榎田に話しかけてきた。罪の意識が拭《ぬぐ》えない榎田だったが、大下の優しげな表情はどんなことでも許してくれるようで、めずらしく愚痴を零《こぼ》し始める。

「いえ、納得はしてないと思いますけど、あんまり聞かないので無理やり……。ちょっとかわいそうだとは思ったんですが、そうでもしないと話が終わらないので」

「あなたが、罪の意識を抱く必要はないです」

「でも、ちゃんと言葉で納得させられなかったのが申し訳なくて……。スーツに対する気持ちが本物だっていうのは、わかるんです。だから、その気持ちに応《こた》えられないなら、せめて納得くらいさせてあげたいんですが、何を言っても通じなくて。僕の言い方が悪いんでしょうか」

「頑固者は、誰《だれ》でも手を焼きます。あなただけの問題じゃない。ぐずぐず引き延ばすより、多少強引でもぴしゃりと跳ね除《の》けるほうが、本人のためでもある」

大下は笑みを浮かべたまま、ゆっくりとした口調で自分の意見を述べ、榎田の心を軽くした。

話し方は穏やかだというのに、その言葉には力がある。人生の重みといったところだろうか。

「そうですね」

「でも、正直なところ、あなたなら彼の指導は十分にできると思ってもいるんですがね」

「えっ！　そんな……っ、本当に無理ですよ！」

榎田は、思わず顔の前で両手をぶんぶんと振った。

大下ほどの職人なら弟子の一人も持っていいだろうと思うが、そんな自信はなかった。未熟だ未熟だと思うばかりで、他人を指導する余裕はない。

素直にそう言うと、大下は「ホッホッホッホ……」と声をあげて笑った。

「もう、からかわないでくださいよ」

「本気で言ってるんですがね。……ああ、もうこんな時間だ。そろそろ納品に行きませんと」

大下は時計に目をやり、ゆっくりと立ち上がった。

「御手洗《みたらい》様のところですね」

「ええ、なかなかお時間がないようで、ようやく都合がついたとお電話を頂きました」

御手洗は、大下がまだここで働くようになる前にスーツを仕立てたことがある相手で、実はヤクザだ。大下がかつて御手洗の命を助けたことがあるという、ある意味特別な関係でもある。

少し浮足立っているのを見て、この大下も浮かれることがあるんだと、少し驚いた。

若い頃のことを思い出しているのだろう。

「今日はそのまま上がってください。積もる話もあるでしょうから、ごゆっくりと……」

「おや、そうですか？　それではお言葉に甘えて……。ですが、御手洗様は、私なんかと世間話をする時間がありますかねぇ」

　そう言いながらも、少し嬉しそうに支度を始める。仕上がったばかりのスーツはマネキンに着せてあり、見事な出来栄えに榎田は見惚《みと》れてしまった。

　たった一人に合わせて作られたそれは、主《あるじ》に袖《そで》を通されるのを今か今かと待っている。

　だが、これが完成というわけでもない。

　布地というものは着れば着るほど繊維の目が詰まり、いい具合になじんでくるものだ。手入れの仕方一つでも大きく変わるし、何より着る者の立ち振る舞いが、スーツを生かしもするし、時には殺すこともある。

　そんな奥深いところも、スーツが好きな理由の一つだった。

「では、行ってまいります」

「行ってらっしゃい。気をつけて……」

　榎田はそう言って送り出し、大下が消えたドアを見ながら口許《くちもと》を緩ませた。そして軽く息をつき、作業台と向き合う。

「よし、がんばるぞ」

　榎田は、気持ちを切り替えて作業に集中した。

今手がけているのは、今回初めて榎田の店を利用するイギリス紳士のものだった。外国人のスーツを手がけるのは何度目かになるが、目が肥えた人間も多く、勉強になることも多い。

しかも、日本人のテーラーとして見られるのだ。

いわば日本の代表ともいえる役割を担うともいえ、それだけ責任も重大だ。特に、初めて日本でスーツを仕立てるとなると、自分の仕事が印象を大きく変える。

日本にも、いい職人がいるのだと思ってもらえるような仕事がしたい。

今回は、英国の老舗《しにせ》ミル『エドウィン・ウッドハウス』の生地を使用した。一般的にはあまり耳にしない名前だが、伝統のある英国の名門で定評がある。

榎田が選んだのはサクソンウールという素材で、伸縮性に優れており、手触りもよく、品質という点では十分に胸を張って勧めることのできる立派なものだ。

稀少種《きしょう》であることから、入手困難な場合もあるが、それだけにコアなファンも多い。

ひと針ひと針、榎田は心を籠《こ》めて針を動かしていった。躰《からだ》が覚えたリズムで、ある一定の速さを保ちながら作業を進めることが、美しい縫い目になるコツだ。無心であることも、大事である。

アイロンを当てて背中の癖取りをしてから、襟の反り返りを防ぎ、より高級感を出すためのピックステッチを入れていった。それが終わると、今度は肩入れの作業に入っていく。

肩入れというのは前身ごろと後ろ身ごろを肩のところで縫い合わせる作業のことで、この処理は特に気を使う。スーツは胸で着るというが、この肩の合わせがフィットしていないと胸までの美しいラインを作ることはできない。

つまり、この肩と胸のフィッティングが命だと言える。

どのくらい作業に集中していただろうか。

キリのいいところまで終えると、雨音がしているのに気づいた。集中するといつもこうだ。時間を忘れ、周りで何が起こっているのかも耳に入ってこない。店に来た客が鳴らす呼び鈴の音には敏感だが、一度布団を干したままにしていて台無しにしたこともある。

(今日はここでやめておこうかな……)

肩を回して息をつくと、榎田は縫いかけのスーツをマネキンに着せて片づけを始めた。使い込んだ道具にも感謝しながら、一日の仕事を終わらせる。

もちろん疲れてはいるが、この充実感は何物にも代えがたく、今日も一日仕事ができたことを幸せに思った。代わり映えのしない毎日と言われればそうだが、常に自分の技術を磨こうと努力している榎田にとって、決して退屈な日々ではない。

なんとはなしに外を見ると、道路を挟んだ向かい側に人影があるのに気づいた。

(……え?)

佐倉だった。傘も差さずに立っている。

(嘘《うそ》……っ、ずっとあそこにいたのか?)

榎田は控え室に置いてあった傘を摑《つか》むと、急いで下に降りていった。そして、道路を渡って佐倉に駆け寄る。

榎田に気づいた佐倉が顔を上げたが、自分から動こうとはしなかった。唇の血色が悪く、紫色に近い。濡《ぬ》れねずみとはこのことだ。歩けば靴の中に溜《た》まった雨水がクチャクチャと音を立てるだろう。

「何やってるんですかっ。風邪《かぜ》をひきますよ。帰ったんじゃなかったんですか」

ひとまず自宅に連れていこうと腕を取り、ぎょっとする。

佐倉の躰は冷たくなっていた。しかも、微《かす》かに震えているのだ。ここまで冷えきっていたのかと思い、佐倉の存在に気づかなかったことに責任を感じた。

やはり、きちんと納得させてから帰すべきだったと……。

「ほら、中に入りましょう」

「あなたが雇ってくれるまで、ここを動きません。お願いです。ぼくを雇ってください」

「いいから中へ」

「じゃあ、雇ってくれるんですね？」

「いいえ。そうは言ってません。とにかく、ここで話しても仕方ないので……」

言いかけて、榎田は佐倉が次に取った行動に目を見開いた。

雨の中地面に跪《ひざまず》き、両手をついて頭を下げるのだ。

「お願いします！　どうかぼくをここで雇ってください。あなたから教わりたいんです。誰でもいいわけじゃない。お願いですから……っ」

アスファルトにはすでに水溜まりができているというのに、額を地面に擦《こす》りつけんばかりにしている佐倉に、言葉が出なかった。時折、通行人が怪訝《けげん》そうな顔で二人を見ているが、そんなことはお構いなしだ。

佐倉の頭には、ただ雇ってもらいたいという思いしかないようだ。

「ちょっと……、頭を上げてください」

「お願いです！　どうか、お願いですから……っ」

「お願いって言われても……」

「どうか、お願いです」

榎田は深々とため息を漏らした。ここまで頑固な人間は、初めてだ。ほだされてはいけないと思うが、榎田はこんなふうに必死で縋《すが》りつかれてなお、冷たく突き放すことができるような性格ではない。

雨はさらに激しくなっていき、側溝に流れ込んでいく雨水を見ながら、一つの決意をする。

生まれて初めて職人を育てるという責任――。

そう考えると途方に暮れそうになるが、腹を括《くく》るしかないと自分に言い聞かせる。

「佐倉さん」

「は、はい！」

頭を下げたまま返事をする青年を見て、榎田は大きな責任を背負う覚悟をした。

「で、雇うことにしたのか？」

「……はい」

芦澤《あしざわ》のマンションに呼ばれた榎田は、ここ最近店で起きた一番の大事件を恋人に話して聞かせていた。

いつものことだが、なんの前触れもなく側近の木崎《きざき》が呼びに来て、拉致《らち》されるように連れ出されてしまった。仕事で手が離せない時は邪魔をしないが、それ以外の時は容赦ない。

仕事が趣味のような榎田だから特に問題はないが、自分の恋人が傲慢《ごうまん》な帝王なのだと思わされる瞬間だ。しかも今日は、強引に連れ出されたというのに、芦澤が少し遅れて戻ってくることになったため、先にシャワーを浴びて待っているよう言われた。

榎田が今夜泊まっていくのも、もう決まっているらしい……。

「お給料はいらないって言ってたけど、やっぱりただ働きってどうなんでしょうか」

まだスーツを着ている芦澤の隣で、榎田はバスローブに身を包んでソファーに座っていた。

テーブルの上には、カミュ社のトラディション・バカラ。

榎田はお酒にはあまり詳しくないが、高級感溢《あふ》れる美しいフォルムの瓶を見れば、値の張るものだということくらいわかる。榎田も同じものを勧められたが、今日は疲れも溜まっていたためオレンジスライスを浮かべたペリエにしてもらった。

パンチのある炭酸が、気分をすっきりさせてくれる。

「お前はどうだったんだ?」

「僕も最初は報酬なんてもらえませんでした。親子だからといって甘やかすのは、僕のためにもならないからって」

「だったら、甘やかす必要はないだろう」

「そうですね。でも大丈夫かな。一人暮らしって言ってたけど……」

榎田は、気にするなと言われて気にしないでいられる性格ではない。自分に厳しくとも、他人にもそうできるとは限らないのだ。

自宅住まいで喰《く》うに困らなかった榎田と一人暮らしの佐倉とでは、事情も違う。

「そんなに新入りのことが、心配なのか?」

「だって、すごく一生懸命な人だから……。頑固なだけあって、スーツが好きな気持ちも本物でした。大学を卒業して一般企業に内定が決まっていたそうなんですけど、それを蹴《け》ってアルバイトをしながら専門学校に通っていたそうです。スタートは遅かったけど、あれだけのやる気があれば、そんなものはすぐに取り返せそうです」

榎田は若い見習い職人のことを思い出し、顔をほころばせていた。

佐倉は本当に嬉しそうにスーツの話をする。

榎田もスーツや生地の話になるとすぐに我を忘れるから、佐倉がどれだけスーツに魅入られているのか、よくわかるのだ。二人で盛り上がっているのを隣で聞いていた大下に、声をあげて笑われたこともある。

歳が近いせいもあり、大下とはまた違った意味でいい仕事仲間だともいえる。

「でもよく考えると、僕って恵まれてますよね。父がテーラーだったから、子供の頃から慣れ親しんでこられたし、寄り道せずにこの道に進むことができたんですから」

榎田は、まだ濡れている前髪を指で摘《つま》んだ。十分にタオルドライをしていても、時間が経つと滴が垂れてくる。

「そんなにスーツ作りが好きか？」

「はい、そりゃあもう」

即答する榎田に、芦澤はさもおかしそうにククッと喉《のど》の奥で笑った。

芦澤はよくこんなふうに笑う。その理由が、子供のように目を輝かせている自分にあることに榎田は気づいておらず、身を乗り出すようにして話を続けた。

「作ることも楽しいですけど、思った通りに仕上がった時は嬉しいいし、いい品を見るとなんだかワクワクしてきます」

「ワクワク、か……」

「ええ。だって、腕のいい職人さんが手がけたスーツって、本当に綺麗《きれい》なんですよ。あれは芸術ですよね」

うっとりと、その姿を思い描く。

均等で美しい縫い目。ボタンホールの処理。内ポケットのフラップ。立体的な襟。

もしかしたら、自分はちょっと変なのではないか——そう思ったこともあるが、職人というものは極められた技術に心を奪われるものだ。タグ一つとっても、そのメーカーが自信と誇りを持って提供している証《あかし》だと思うと、愛《いと》おしく思えてくる。

そして何より、袖を通された時の美しさは、言葉にしがたいよさがある。

外見だけではない。それを身につける心得や嗜《たしな》みなど、中身が伴っていないと台無しだ。生地そのものの素材、それを加工する技術、そして仕上がったものを生かす着こなし。すべてが揃《そろ》って初めて、スーツのよさが出るのである。

榎田は少し饒舌《じょうぜつ》に、自分のスーツに対する思いを口にしていた。

佐倉の若い情熱に触発されたのかもしれない。特に日本では、まだまだテーラーという職業はヨーロッパほど有名ではなく、職人の数も圧倒的に少ない。だからこそ、テーラーメイドスーツのよさを知る後輩がいるということが、榎田には嬉しいのだ。

自分が好きな物というのは、できればたくさんの人にも認めて欲しい。その素晴らしさを知って欲しい。日本にも、もっと浸透して欲しい。

テレビの密着取材を引き受けたのも、それが一番の理由だった。

「大下さんも、賑《にぎ》やかになったって喜んでます」

「そうか」

「技術的にはまだまだでも……、……ぁ……」

榎田はそこで言葉を切った。芦澤が、優しげな目で自分を見ているのに気づいたからだ。

「どうした？　どうして途中でやめる？」

「あ、いえ……」

榎田は急に恥ずかしくなり、口を噤《つぐ》んだ。

いつもこうだ。スーツのことになると、どうしても夢中になって自分ばかり喋《しゃべ》ってしまう。久しぶりに恋人に会ったというのに、仕事の話ばかりだ。色気のない奴だと思われただろうと反省して芦澤を窺い見るが、芦澤は楽しげな様子で榎田を見ている。

「続けていいんだぞ」

グラスを傾ける姿に、大人の男を感じた。

余裕があり、本能に直接訴えかけてくるような色気がある。傲慢だが、子供の我《わ》が儘《まま》とは違う帝王の貫禄《かんろく》と器。他人を跪かせるだけのカリスマ的な空気。

そんなところも、芦澤の魅力に他ならない。

「芦澤さんは、こんな話ばかり聞かされても、面白くないでしょう?」

「そんなことはないさ。お前が子供みたいな顔で仕事の話をしているのを見るのは、楽しいもんだ」

『子供みたいな顔』と言われ、ますますバツが悪くなった。

同じ男だというのに、どうしてこんなに違うのだろうかといつも思わされる。ここまでかけ離れていると、自分にはない男の魅力に、嫉妬《しっと》心を抱く気にもならない。ただ、自分が芦澤に惹《ひ》かれていることを思い知らされるだけだ。

「そろそろ、別の顔も見たいが」

芦澤はそっと身を寄せ、耳許《みみもと》で囁《ささや》いた。心臓がトクリと跳ねる。

忘れていた。今日は、芦澤のマンションに泊まるのだ。この危険な恋人と夜を共にする。

(あ、いい匂《にお》い……)

榎田は、目がとろんとなるのを、どうすることもできなかった。

大人の男の香り。

芦澤がいつも纏《まと》っている匂いだ。微かな体臭とオー・デ・トワレ。そしてスーツの匂いが混じって、淫靡《いんび》なものとなる。どんな媚薬《びやく》よりも、榎田を酔わせるものだ。

「そのうちスーツを新調する。俺に似合う生地を見繕っておいてくれ」

「は、はい。ちょうど……新作の生地が、入ってくるところです。僕が、芦澤さんに似合いそうなものを選んでおきます」

「わかってるじゃないか」

最初に芦澤のスーツを仕立てた時も、榎田が生地からデザインに至るまで任された。センスを試すという理由で、意見を聞くことすら一切許さなかった。本来、テーラーメイドスーツというものは、客の好みに合わせアドバイスをしながら、二人三脚で作っていくものだ。

しかし、芦澤はかなりの部分を榎田に任せてしまう。

もちろん榎田を信頼してのことだろうが、芦澤がどんなスーツでも着こなすことができる男だけに、本来のやり方を無視した態度は潔くもあり、自分の恋人が普通の尺度で計れる人間ではないと感じさせられる部分でもあった。

「今度店に行く。その佐倉とやらの顔も見ないとな」

「佐倉君の……ですか?」

「お前を慕ってる奴なんだろう?」

芦澤が漂わせる危険な匂いに、くらくらと目眩《めまい》を覚え、持っていたペリエのグラスを奪われたことにも気づかなかった。自分を見下ろす芦澤の眼差《まなざ》しに、思考は停止状態だ。

「ん……」

今日、初めての口づけだった。

緊張してしまうのは、どうしてだろうか。もっと恥ずかしいことだってされたというのに、いまだに慣れない。

キスだけでも自分を見失いそうになるほど、気持ちが高ぶってしまうのだ。芦澤が振り撒《ま》くフェロモンに、自分が男であることすら忘れてしまう。

「そいつは、イイ男か？」

「え？」

「佐倉って奴だよ。お前を狙《ねら》ってるんじゃないのか？　襲われないように気をつけろよ」

「そんな……」

思ってもみなかったことを口にされ、どう答えていいのかわからなかった。

嫉妬をしているわけではないのは、その余裕の態度からわかる。芦澤は、この行為を盛り上げるために、わざとそんなことを言っているのだ。

「佐倉君を見たら、きっとそんな忠告は必要なかったって思いますよ」

「そうか？」

「ええ。なんだか女性的で、……っ、そういう、タイプじゃあ……、……ぁ……っ」

耳許にかかる芦澤の吐息に、少しずつ息があがっていく。抑えようとしても、抑えられない。

濡れた髪をそっと指で梳《す》かれ、くすぐったいような感覚に目を閉じた。芦澤に触れられた部分が熱を帯びていくのがわかる。

「わからんぞ。諏訪《すわ》と同類なのかもしれんしな」

「同類って……」

「何も襲うのは、突っ込むほうだけじゃないってことだ」

「お、脅かさないでくださ……――ん……っ」

スーツがシワになる……、と頭の中で理性が訴えるが、恋人の背中に腕を回すのをやめることはできなかった。もう完全に芦澤のペースである。

「……っ、……ぁ、……ぅん」

深い口づけに息をあげ、自らも恋人を求めた。もっと深く触れ合いたいという気持ちが、榎田の発情を促す。自分が恋人を欲しがる獣に変わっていくのを自覚しながらも、とめられない。

「今日はたっぷり時間がある」

指で耳の後ろをそっと撫《な》でられ、再び深く口づけられた。舌を絡め取られ、戯れるような大人のキスに酔いしれ、思考する力を徐々に奪われていく。

「やっと色っぽい顔を見せてくれたな。俺は部屋に戻ってくる前から、シャワーを浴びて俺の帰りを待ってるお前を想像してたんだぞ」

「芦澤さん……」

「隅々まで洗ったか？」

「え……？」

「俺のために、念入りに洗ったんじゃないのか?」

「そ、それは……」

図星だった。

セックスをするためだけに来たわけではないが、芦澤に抱かれることを意識しながら躰を洗った。どこに触れられてもいいように、たっぷりと泡立てたボディソープで念入りに磨いた。足の指を洗いながら、芦澤にそこを舐《な》められた時のことを思い出したのも事実だ。

そんな自分がいやらしく思えてきて、目を合わせられなくなる。

「どうした?」

「……すみません」

つい謝ってしまうが、そんな態度が芦澤を悦《よろこ》ばせている。

「そんないやらしい奴には、おしおきが必要だな」

「す、すみません……」

「何をしてやろうか?」

からかうような芦澤の口調に、榎田は体温を上げていった。

何をされるのだろうかと思うと胸が高鳴り、甘い期待を抱いてしまうのだ。自分がますます恥ずかしくなり、どうしていいのかわからなくなる。芦澤といると、知らなかった自分を次々と暴かれていくようで、自分の知らない自分があとどれだけいるだろうという思いに囚《とら》われる。

知り合う前は、自分にこんな一面があるなんて思いもしなかった。

「久しぶりに、ここにアレを挿《い》れてやる。最近、ご無沙汰《ぶさた》だったからな」

芦澤はバスローブの上から榎田の中心に触れた。ゴク、と唾《つば》を呑《の》み、少し不安に思いながら恋人を見ると、目を合わせたままそこをゆっくりと擦られる。

次第に硬度を持ち始めるのを恥ずかしく思いながらも、自分の意志ではどうにもできない。

「それとも、いきなり後ろに突っ込まれたいか？」

「そんな……っ」

「じゃあ、今日はこっちからだ」

榎田は何も言えなかった。

どちらにしても、恥ずかしいことに変わりない。余裕を残す恋人の前で、今日も醜態を晒《さら》すのだ。男であることを忘れ、芦澤にすべてを暴かれる。

どこまで許せば、恋人は満足するのだろうかという思いが、榎田の脳裏を掠《かす》めた。

回数を重ねていくごとに、恋人の要求がエスカレートしていることに、なんとなく気づいている。少しずつ芦澤に抱かれることに、躰が慣らされていく。

「ちょうどここにいい物がある」

芦澤はアイスペールに差してあったマドラーを手に取り、榎田の目の前にかざしてみせた。ガラス製のそれは細い造りになっており、ねじりの入ったデザインで先端が少し丸くなっている。

「あの……まさか……」

「なんだ？　文句があるのか？」

「ちょ……っ、待ってください。そんなの……っ、……無理です」

逃げようにも、ソファーの隅に追いつめられているため、これ以上後ろにさがることはできない。かといって、芦澤を跳ね除けることもできなかった。

「次は何を突っ込んでやろうかって、ずっと考えてたんだ」

「……っ」

「俺が見たいんだ。見せてくれるだろう？」

芦澤の手がバスローブの裾《すそ》を割って、中に入ってくる。

なんだ、もう濡れてるじゃないか……、と目で訴えられ、榎田は耳まで赤くした。先端から溢れる透明な蜜《みつ》が芦澤の指先を汚しているのかと思うと、恥ずかしくてならない。

芦澤はそんな榎田の心を見透かしたようにニヤリと笑い、スーツの内ポケットからアロマオイルの容器くらいの小さな瓶を取り出した。小さい上、ラベルには英語の文字しか書かれていないため、それがどういうものなのかわからない。しかし、想像はできた。

ただの潤滑油なら、あんないかにもアヤシゲな容器になど入っていないだろう。

「そ、それ……」

榎田が戸惑《とまど》うのなんてお構いなしに、芦澤はコルクでできた瓶の蓋《ふた》を奥歯で挟み、キュポン、と小さな音を立ててそれを開けた。トロリとしたものを上から垂らされ、その冷たさに躰が小さく跳ねた。

「む、無理、です……っ、そんなの……っ、入りません……」

「無理かどうかは、俺が決める」

「あ、芦澤さん……っ」

「綿棒だって痛かったのは、最初だけだっただろう？　今は泣いてよがるくらい、慣れてしまったじゃないか。それに細すぎるものより、これくらい太さがあるほうが案外痛くないそうだ」

「でも……っ」

「でも、なんだ？」

「ぁ……っ」

冷えたその先端をあてがわれ、息を呑んだ。

「じっとしてろ。リラックスするんだ」

ソファーに置いた手をぎゅっと握り、襲ってくるだろう痛みに備えた。怖くて、リラックスなんてできない。

「ん……っ、……ぁ……、──痛……っ、……芦澤、さ……痛い、です……、痛い……っ」

丸くなっている先端部分は綿棒なんかよりもずっと太く、内側から尿道を圧迫される感覚に戸惑わずにはいられなかった。

だが、泣きごとを聞いてくれるほど、恋人は優しくない。

「俺の愉《たの》しみを奪うな」

「そんな……っ」

こんな意地悪なことをして「愉しみ」だなんて、悪趣味もいいところだ。厄介な相手を好きになってしまったものだと思わずにはいられない。

「勘違いするなよ。お前の躰を開発する愉しみだ。俺は、お前を苛めてるか？」

「だって……」

「俺がしてるのは、意地悪なことか？」

芦澤はそこまで言ってふと笑い、そしてこう続けた。

「まぁ、確かに苛めてるのかもしれないな。だが、本気で嫌がっているようには見えないぞ。本当は、俺に苛めて欲しいんじゃないのか？」

意味深な目で問われ、反論できずに唇を嚙《か》む。

芦澤の言う通りだ。

心の奥底では、嫌がってなんかいない。むしろ、芦澤にこうして甘く責め立てられるのを、望んでいる。本当は、榎田も悦んでいる。拒んでしまうのは、ただ、恥ずかしいだけだ。

「今夜は、できることは、全部するぞ。覚悟をしておけ」

芦澤はネクタイさえ緩めていないというのに、自分だけバスローブをはだけさせられたあられもない格好をしていると思うと、いっそう躰は熱くなった。ネクタイを締めた芦澤の首元がやたらセクシーで、目を奪われる。

「熱い、……です。……芦澤、さ……、熱い……っ」

「媚薬入りだからな。当然だ」

冷静に自分を見つめる芦澤の視線に身を焦がされながら、榎田はさらに体温を上げていった。

マドラーに押し込まれるようにして、媚薬入りのジェルが尿道の中へと押し込まれていく。滑りがよくなったため、それはずぷずぷと入っていき、四分の一ほど挿入されたところで一度引き抜かれた。

「ぁ……っ」

ぞくっとしたものが背中を走り、膝《ひざ》が震える。油断するとすぐにでも出してしまいそうで、理性を保つのに必死だった。

だが、そんな榎田をあざ笑うかのように、芦澤はもう一度、ゆっくりと挿入する。

「ぁ……っ、――はぁ……っ、んぁ……、……はぁ……、ぁ……あ」

ゆっくりと出しては入れ、芦澤はマドラーを少しずつ深いところへと挿入していった。どこまで深く入るのかと、自分の中を出入りするそれを虚《うつ》ろな目で見つめる。

怖い。

「あ、芦澤さ……、も……」

「もっと深く、入るんだぞ」

「そんな……っ、んぁ……、はぁ……っ、……っく。――んぁ……っ」

一度途中で引っかかりを覚えたが、芦澤は器用にそれを操り、今度はさほど痛みを感じることなく半分ほどまで呑み込んだ。そうやって尿道を何度も擦られているうちに、次第に快感がはっきりとしてきて堪《こら》えきれなくなってくる。

「ぁ……、芦澤、さ……、ダメ、……ゆっくり、……して、ください」

「ゆっくり、か……」

榎田は、自分が無意識に発した言葉に驚いていた。

やめてくださいではなく――ゆっくりしてください。

自分が、すでにこの戯れの虜《とりこ》になっていることを思い知らされた。射精感に襲われるが、マドラーが栓の代わりになっていてそれをさせない。イけないもどかしさがたまらなくて次第に夢中になっていき、小刻みに息をしながら意識をそこに集中させる。

「ここが、そんなにイイか？　こういうのも、あるぞ」

芦澤は再び内ポケットに手を入れ、今度は薄いプラスチックのケースを取り出した。

コンビニやスーパーなどで日常的に見られる、口の中をすっきりさせるためのタブレットだ。

榎田も、運転中に眠気に襲われた時などに噛んだりする。

「……っ、……それ……」

「なんだ？　ダメか？」

「だって……っ」

さすがにそこまではできないと、榎田は涙目で訴えた。そんなものを挿れられたら、どうなってしまうのかわからない。無理だ。

「お願い、です……」

「お願いしてるのは、俺のほうだ。挿れても、いいだろう？」

芦澤が譲る気なんてサラサラないのは、わかっていた。お願いしているのは格好だけで、どんなに拒んでも芦澤がしたいと思ったことは、すべてやる。

いつもそうだ。

（嫌だって言っても、最後はするくせに……）

不満げに恋人を見るが、自分が決して逃げられない相手に捕まっているのだということは、否定しようのない事実だ。

「いいだろう？」

もう一度聞かれ、榎田は仕方なくコクリと頷《うなず》いた。すると、芦澤は満足そうに笑ってから、榎田の先端にそれをあてがい、マドラーで中へと押し込んでいく。

（あ、嘘……）

いとも簡単に入っていったかと思うと中でタブレットが溶け、ジェルがもたらす熱さとミントの清涼感が綯《な》い交ぜになり、これまでに感じたことのないむず痒《がゆ》さに襲われた。

「ぁあ……、……ぁ……あ、……ぁあ……っ！」

「どうだ？　イイだろうが」

額を突き合わせ、芦澤が顔を覗《のぞ》き込んでくる。自分だけが感じて夢中になっているのが恥ずかしい。

「可愛《かわい》いぞ。もっと泣き顔を見せてみろ」

気持ちよくって、榎田は瞳《ひとみ》を潤ませながら切れ切れに息をした。戯れに軽く唇をついばんでみせる芦澤のやり方に、夢中になっている。

「どんなふうにイイんだ？」

「どんなって……、ぅ……っく」

「言わないと、ひどいぞ」

脅迫にも似た言葉に、言葉にしないとますます焦《じ》らされそうな気がして素直に白状する。

「中がジンジンして、……ひ……っく、……ぁう……っ」

もどかしさに身悶《みもだ》える榎田を見て、芦澤は満足げに笑った。そしてもう一度、耳許で言う。

「今のは、かなりキたぞ。もう一回言ってみろ」

促され、榎田は熱に浮かされるように白状した。

「……中が、ジンジン、して……、……っ、――ぁ……っ、んぁっ、……っ、……ぁあ……っ、抜いて、ください……っ。おねが、……もう……」

「どうしてだ？　気持ちいいんじゃないのか？　それとも、物足りないか？」

タブレットが半分ほど溶けてしまうと、またマドラーを差し込まれ、残ったそれを奥まで押し込まれた。ねじれたデザインになっているため、凹凸が刺激となって榎田を責め苛《さいな》む。

「尻《しり》も疼《うず》いてるんじゃないのか？」

芦澤の指が、後ろに触れた。蕾《つぼみ》をいじられると、欲しがり、指を深く咥《くわ》え込もうとする。

溶けたタブレットとジェルが混じった液体が尿道から溢れており、芦澤はそれを指ですくって後ろに塗り込めた。するとそこは待ち焦がれていたように吸いつき、芦澤の指を欲しがる。

「あう……っ」

「いやらしい口だ。俺のを咥えたがってるぞ」

芦澤がベルトを外す音がし、それを聞くなり榎田の躰は激しく疼いた。

「こら、暴れるな」

「早く……」

自分にあてがおうとする気配に、貪欲《どんよく》な心が姿を現す。

早く。早く、欲しい。早く。──早く。

「芦澤さん……お願、……お願い……っ」

「さぁて、どうしようか」

今までさんざん好き放題に躰をいじっていたというのに、榎田が欲しがるとわざと焦らしてみせる芦澤に、抗議したい気分だった。

「ぁ……芦澤、さ……っ、も……意地悪、しな……で、……くださ……」

信じられないほど、感じた。はしたないとわかっていても、ねだってしまう。

自分を抑えられない。

「――ぁああ……っ！」

いきなり屹立《きつりつ》を突き立てられたかと思うと、前と後ろを同時に攻められ、榎田は悲鳴にも似た声をあげた。熱の塊に引き裂かれ、躰が歓喜している。

「ぁあ……、……っ、ひ……っく、……ぁ、芦澤、さ……」

スーツの匂いに目眩を起こしながら、肩幅のある恋人に縋りついた。まだ髪も乾いていないというのに、スーツが濡れることなどお構いなしだ。意識を朦朧《もうろう》とさせながらも、榎田はただ夢中で快楽を貪《むさぼ》った。自分を抑えることができずに、芦澤の首に顔を埋めて縋りつく。

「んぁ……、ぁぁ……」

芦澤がじっくりと、もどかしく腰を動かし始めると、榎田は切れ切れの吐息を漏らしながら深い愉悦の中に身を投じたのだった。

目を開けると、ベッドルームの天井にはめ込まれていた鏡が見えた。

空調の効いた部屋は広く静かで、この世に芦澤と二人きりになったような錯覚に見舞われる。部屋の外には舎弟たちが待機しているが、今は芦澤の立場なんて忘れられる気がした。こんなふうに長い時間、芦澤といたのは久しぶりだ。

（あ……）

ぼんやりと周りに視線をやると、裸のままベッドに座った芦澤が自分を見下ろしているのに気づく。榎田の視線に気がついた芦澤は、黙って手を伸ばして髪を優しく梳いてくれた。

その気持ちよさに目を閉じ、しばらく恋人の手の優しさに浸る。

あれから榎田は、スーツを着たままの芦澤にソファーで抱かれ、何度もイかされた。自力で立てない榎田はベッドに移動させられ、今度は刺青《いれずみ》を見せつけられながら優しく抱かれた。

愛され尽くすというのは、こういうことだろうか。

「芦澤さん……」

声が掠れていた。喘《あえ》ぎすぎて声を嗄《か》らすのには、もう慣れてしまった。

まだ眠いが、このまま眠りに落ちてしまうと、次に目が覚めた時にはもう芦澤がいなくなっていそうで、眠る気にならない。

「どうした?」

「シャワー、浴びてきたんですか?」

「ああ」

「じゃあ、もう行く時間なんでしょう?」

「いや、あと二時間くらいあるぞ」

もう少し一緒にいられると思うと嬉しくて、顔がほころぶ。

「芦澤さんは、眠らないんですか?」

鏡に映る自分たちの姿をじっと見つめながら、榎田はそう聞いた。この角度では全体はよく見えないが、肩から肩甲骨までの鮮やかな炎は今にもその舌先を翻して踊り出しそうだ。

躰を重ねた時、あまりの快感に身を焦がされそうだと感じることがあるが、きっとあの炎に焼かれているんだと、榎田はぼんやりと思った。

「スーツのまま抱かれるのも好きらしいが、俺の紋々も好きみたいだな」

「だって……生きてるみたいだから」

「欲張りな奴め」

芦澤は毛布をめくった。

「お前のほうが、きっと似合う。ここに、彫らせてみたい」

太腿《ふともも》の内側に手を置き、そこをゆっくりと指でなぞる。

榎田の肌に浮かんだ刺青を思い描いているのか、じっと榎田の肌を眺める芦澤を見ていると強く自分を求めているのだというのが伝わってきて、あまりの幸福感に身も心もとろけそうになった。

「芦澤さんが、本気でそう望んでるんだったら……いいですよ」

「そんなことを言っていいのか？　本当に彫らせるぞ」

本気だった。

芦澤が望んでいるなら、刺青を入れてもいいと思った。天国の両親が聞いたらきっと怒るだろう。男の――しかも極道の恋人を持ち、親にもらった躰に針を入れるなんて、親不孝者と罵《ののし》られるかもしれない。

しかし、芦澤の望みならそうしたいと思っているのも確かだ。申し訳ない気持ちはあるが、それでもこの想いはとめられない。

「お前には、抜き彫りがいいな。青墨で入れると映えるぞ」

「抜き彫り？」

「周りに化粧彫りを入れずに、主題になる花や神仏だけを彫るやつだ。青墨一色の濃淡で表現すると綺麗だぞ。一か所だけ緋色《ひいろ》を入れるとさらに映える。彫り師の技術もいるし、痛みも大きいがな」

「痛みくらい、我慢できます」

その言葉に芦澤は口許を緩ませ、そして太腿の内側に唇をそっと押し当てた。

「だが、彫り師とはいえ、他の男がここに触れるのも癪《しゃく》だな」

「女性の彫り師って……いないんですか？」

「女ならなおさらだ。お前、もともとは女が好きなんだろうが。俺が知ってる女の彫り師は、男の生気を喰って生きてるような奴なんでな……。お前みたいに純情なのは、ぱっくりやられるぞ」

「そんな……」

「お前を喰っていいのは、俺だけだ」

顔を上げた芦澤が覆い被《かぶ》さってくると、背中の紋様が天井の鏡によく映って見えた。慈悲深い眼差しをした、色鮮やかな吉祥天女。

刺青を彫らせたいと言われたせいか、妙に気持ちが高ぶっている。

「ぁ……っ」

色鮮やかな背中の彫り物を見ていると、抱いて欲しくなる。スーツを着込んだまま抱かれるのもいいが、肌と肌を密着させ、色鮮やかな刺青を見せつけられながら抱かれるのもたまらない。

「ん……」

どちらからともなく唇を重ね、求め合い、再び濃厚な口づけが始まる。

榎田が鼻にかかった甘い声をあげ始めるのに、そう時間は必要なかった。

2

芦澤と心ゆくまで愛し合ってから、二週間が過ぎていた。

もともと忙しい毎日を送っていたが、佐倉に指導をしながら自分の仕事もこなすとなるとスケジュールはかなりハードになってくる。猫の手も借りたいくらいとはまさにこのことで、湯船で居眠りをする回数も増えていた。

「このカーブをしっかりつけて……遠慮しないで、もっと思いきりアイロンに体重をかけていいよ。これはシワを伸ばすためじゃなくて、平面的な生地を立体的にさせるために、無理やり癖をつける作業なわけだから」

「はい、こうですか？」

「そうそう、どの程度カーブを入れるか計算しながら滑らせるんだ。うん、いいね。そんな感じでね」

手始めに榎田のスーツを仕立てることになった佐倉は、真剣な表情で作業台に向かっていた。

榎田や大下は、採寸から仕上げまですべての工程を手がけるが、本来テーラーとは縫製師のことで、たくさんの従業員を抱える老舗やヨーロッパのほうでは、採寸、型紙作り、生地の裁断、補正までの作業はカッター（裁断師）の仕事とされている。

佐倉は幸い、どちらの技術も総合的に学んでいたが、三百とも三百五十ともいわれる工程をすべて身につけるには、たった半年のカリキュラムしか組んでいない専門学校に通ったくらいでは、やはり短かすぎる。

このひと月で、カッターとしての基礎をもう一度見直し、弱点を改善させた。ようやく針を持たせる段階に入ったが、特にアイロンワークはまだまだで、これからもっと時間をかけて指導していかなければならない。

職人を一人育てるということが、どれだけ大変なのか、痛感しているところだ。

「すみません。自分から押しかけたっていうのに、全然使いものにならなくて……」

「落ち込む必要なんてないよ。僕もアイロンの使い方を身につけるまでは、かなり時間がかかった。こういうのは慣れだから」

「はい」

「一着ぶん取れなくて余った生地は保管してるから、それを使って練習していいよ。生地の目や癖なんかも、少しずつ覚えられるし。とにかく触って、躰で覚えていくしかない」

落ち込み気味の佐倉を励ましながら、榎田は自分の技術を惜しみなく披露し、それを伝えようと一生懸命だった。足りない部分があれば、大下がフォローしてくれる。

初めは佐倉の指導なんて無理だと思っていたが、大下という心強い味方と佐倉の真面目《まじめ》な姿勢があれば、なんとかなりそうだと思い始めていた。

新しい職人がこの店で客のスーツを仕立てる姿を思い描くと、心が弾む。

「そういえば、あなたは一時期、暇さえあればアイロンをかけていましたねぇ」

二人のやり取りを聞いていた大下が、作業の手を止め、思い出したように顔を上げた。

「ええ、あの頃はとにかく躰で覚えようと必死でしたから」

小さな頃から榎田の成長を見てきた大下は、懐かしそうな顔をした。そして、その優しい視線を佐倉に向ける。

「どんなベテランも、最初は未熟です。焦らず、自分の技術を磨いていくといいですよ」

「はい。がんばります」

「佐倉君のような子は、私のようなおじいさんには孫みたいでねぇ。その一生懸命なところを見ていると、気が引き締まります」

「それに店の掃除や雑用をやってくれるから、その間、僕は仕事に集中できるしね。佐倉君はちゃんと役に立ってるよ」

「ありがとうございます」

嬉しそうにはにかむ佐倉を見て、榎田は大下と顔を見合わせて笑った。

ここで働かせて欲しいと押しかけてきた時はかなり強引なところも見せたが、普段の佐倉は温厚で女性的なところがある。小さなことにも気がつくし、何より趣味が料理ときている。

ここ最近、佐倉が入れてくれるホットレモネードが『テーラー・えのきだ』のブームになっているのもそのせいだ。

「そろそろ、休憩を入れようか。そういえば、朝からずっと休憩してないね。大下さんもキリがよければ休みませんか」

「私も言おうと思っていたところですよ」

「じゃあぼく、飲み物を作りますね」

「手伝いましょう。私も作り方を覚えたいのでね」

三人は、隣の控え室に移動した。

大下が耐熱グラスを用意し、榎田がケトルを火にかけてグラスに蜂蜜《はちみつ》を小さじで二杯ずつ量り入れる。その間、佐倉がスクイーザーでレモンを搾《しぼ》った。

お湯を注ぐと、マドラーでかき混ぜて蜂蜜を溶かす。

レモンの爽《さわ》やかな匂いと蜂蜜の甘ったるい匂いが混じり、休憩室はすっかりリラックスムードだ。簡単で躰が温まる優しい飲み物が、疲れを癒《いや》してくれる。

「しかし、このホットレモネードというのは、なかなか美味《おい》しい飲み物ですね。若い人が飲むものだとばっかり……」

「母がよく作ってくれたんです。冬は温まるし、蜂蜜が入ってるから、空気が乾燥して喉を傷めた時なんかもいいですよ」

「そうそう。これを飲むようになってからというもの、喉の調子がいいんですよ」

「風邪をひいた時なんかは、生姜《しょうが》を少し入れるともっと温まりますよ。でもよかった。ぼくもちょっとは役に立って……榎田さん？」

グラスをじっと見ていた榎田は、佐倉に声をかけられてハッとなった。顔を上げると、大下と佐倉の視線が自分に向いているのに気づき、顔を赤くする。

「え、あ……、いや、なんでもないよ。えっと……美味しいよね、これ」

慌てて笑みを見せるが、やはり怪訝そうな顔をされる。

（こ、こんな時に……）

榎田は、心の中で自分を戒めていた。

芦澤の部屋でのことを思い出していたのだ。

まだ記憶に新しい刺激的で濃密な一夜。ふとした時に脳裏に蘇《よみがえ》ってきて、榎田を困らせる。もうあれからずいぶんと日にちが経っているというのに、躰にもあの感覚が残っているようで、妙に恥ずかしくなってくるのだ。

誰もあの行為を知るはずがないというのに、自分の周りの人間に全部バレているのではないかと思えてくるのだ。

（芦澤さんのせいで、マドラーがまともに見られなくなったじゃないか）

頭の中から記憶を追い払い、グラスに口をつけた。

子供の頃の思い出にホットレモネードはないというのに、不思議と懐かしい味がした。これを佐倉に教えた母親は、きっと優しい女性なのだろうと想像する。

その時、一階で呼び鈴がチン、と鳴った。

「あ、僕が行きます」

榎田は、飲みかけのグラスを置いて控え室を出た。

一階に降りていくと、木崎を従えた芦澤の姿が目に飛び込んでくる。

「芦澤さん」

「久しぶりだな」

「そろそろ来るんじゃないかと思ってました」

いつものように作業場に上がってこないのは、客として来たからだろう。それに加え、いきなり作業場に入ってくる男のことを、佐倉にどう説明したらいいのか榎田が困るからだ。

傲慢なくせに、時折、そういう優しさも見せる。

「この前言ってたスーツだが、俺に似合う生地は用意してるだろうな」

「もちろんです」

芦澤に会えたのが嬉しくて自然と笑みが零れるが、同時にほんの今マドラーを見て芦澤との夜を思い出していたということもあり、少し顔が合わせづらくもあった。

恋人は、なんでも知っていそうな目をしている。

しかし、さすがにそこまで見通しているはずがなく、榎田は「馬鹿なことを……」と自分に言い聞かせた。変に態度に表すと、逆に勘ぐられて白状させられそうだ。

「どうした?」

「あ、いえ」

慌てて目を逸《そ》らし、あらかじめ見繕っていた生地を出してきて、ガラスのテーブルに広げてみせた。

「こちらです。どうです?」

榎田が出したのは、スキャバルというイギリスのウール・マーチャントの新作が三点。創業から百年以上も続いている老舗ブランドのアルフレッド・ダンヒルの新作が二点。

チョークストライプなど、比較的柄が大きめのものも入っているが、長身でスタイルも抜群の芦澤なら、どれも間違いなく着こなせる。

「どうぞ。手触りも確かめてください。こちらの三点がSuper120's、こちらが130's、こちらが150'sです。軽くて手触りもいいですよ」

榎田はそう言って、生地に触れてみるよう勧めてみた。

Superで表示されるのは糸の太さのことで、糸が細いほど空気を多く含み、断熱効果が高くなる。あとにつく数字が高いほど高級で値段もそれなりに上がっていき、手触りもよくなるといった具合だ。あまり細すぎると、今度はシワになりやすいという欠点も出てくるため、それも考慮して素材を選ぶことも大事だ。

芦澤は軽く生地を撫で、曲げた人差し指でドアをノックするようにスキャバルのダブルストライプをコツコツ、と叩《たた》いてみせた。

「これだ」

もう少し悩んでくれてもいいのにと思うが、実は榎田も芦澤が選んだ物が一番よさそうだと思っていた。どれも捨てがたいが、濃いグレーにライムグリーンのラインは洗練された大人の色気を感じさせる。

この生地で仕立てたスーツを着る芦澤を想像し、胸が躍った。

合わせて準備していた裏地とボタンをいくつか出してみせると、ここでも芦澤はひと目見たか見てないかという速さで決めてしまった。自分への自信か、榎田が厳選した物への信頼か、それとも直感か。

理由はなんにしろ、こんなふうに即決するところも芦澤らしい。

「木崎。お前も一度仕立てたらどうだ?」

「いえ、わたくしには過ぎた品です」

眉《まゆ》一つ動かさない芦澤の側近に、思わず笑いが込み上げた。相変わらずと言えばそうだが、もう長いことこの男を見ているというのに、笑った顔を一度も見たことがない。

一度思いきり笑わせてみたいなどと思っていると、芦澤がコツ、と靴音を立てて榎田に近づいてきて耳許で囁いてみせる。

「ところで、新入りはどこにいる？」

微かに息がかかり、榎田はドキリとした。

この声で、そしてこの距離で意味深に問われると、隠し事などしてなくとも後ろめたさに似た思いを抱いてしまう。悪いことなど何一つしていないというのに、悪いことをしてしまった気分になってきて、犯してもいない罪を白状してしまいそうだ。

「俺が来なかった間、襲われてないだろうな」

「も、もう。やめてくださいよ。本当にそんなタイプじゃないんですから」

「じゃあ、どうして俺から隠してるんだ？　俺から隠さなければならないほど、イイ男なのか？」

「そんなんじゃ……」

「嘘は言ってないだろうな」

「違います。まだ、お客様の前には出してないだけです」

わざと疑いの目を向ける芦澤に困った顔をし、軽くため息をつく。

芦澤がこういう戯れを愉しむのは今に始まったことではないが、榎田は仕事中なのだ。こんなふうに男の色気を見せつけられると、あとの仕事に差し支える。

「もしよかったら、採寸だけ佐倉君にさせてもらってもいいですか？　そうしたら、ここに呼びますけど」

「そうだな。お前が初めて育てる男だからな、どの程度のものか、見てやろう」

その言葉を聞くなり、榎田はすぐに階段の下から二階の作業場に向かって声をかけた。

「佐倉君、ちょっといいかい？」

すぐさま佐倉が顔を覗かせ、下まで降りてくる。

何か失敗でもしたのかと不安そうにしているのを見て、顔がほころんだ。こんな真面目で純粋な青年を見たら、きっと芦澤もあんなことは言わなくなるだろう。

あまりに現実味がないせいで、戯れに言ってみせることも馬鹿らしくなるに違いない。

「なんでしょう？」

「お客様の採寸をお願いしていいかい？」

「え……。い、いいんですかっ？」

いかにも身に余る光栄だと言わんばかりの態度に、榎田も嬉しくなる。

「失礼のないようにね。うちの大事なお得意様だ」

お得意様という言葉に気を引き締めたようだが、同時に緊張させてしまったようだ。

表情がこわばるのを見て、「大丈夫」と言ってからそっと背中を押した。背筋を正し、ガチガチになりながら佐倉が出ていくと、榎田もそれに続く。

「い、いらっしゃいませ。本日は、わたくしが採寸をさせていただきます」

第一声はたどたどしかったが、見習いのテーラーらしい初々しさで接客をする佐倉に、榎田は満足した。一人前にはほど遠いが、十分好感の抱ける態度である。

しかし、芦澤に視線を向けた時だった。

（え……？）

芦澤の表情が、一瞬険しくなったように見えた。木崎を見ると、表情は変わらないが、なぜか佐倉をじっと見ている。凍りつくとまでは言わないまでも、明らかに場の空気が変わったように感じたのだ。

だが、知り合いだったのかと佐倉を見ても、こちらはまったくの無反応。緊張はしているが、初対面の人間に対する態度で芦澤に近づき、会釈する。

「上着をお預かりしてよろしいでしょうか？」

「……ああ、頼む」

芦澤は上着を脱ぎ、それを佐倉に渡した。

すでにその表情から険しさは消え、いつもの芦澤に戻っている。

（あれ、気のせいだったかな……？）

榎田は、佐倉が採寸をするのを近くで見ることにした。手順や手際、正確さなどを試験官のようにチェックする。多少の緊張はあれど、採寸に関しては申し分ない。

「お疲れさまでした」

頬《ほお》を少し紅潮させ、佐倉は作業を終わらせた。これでよかったのかと榎田の顔色を窺うのを見て、しっかりと頷いて耳打ちしてやる。

「合格だよ」

嬉しそうに榎田を見る佐倉の目に、自分が初めて接客をさせてもらった時のことを思い出した。榎田も父親に初めて合格点をもらった時は、すごく嬉しかった。

佐倉の態度一つ一つが昔の自分と重なり、初心を思い出させられる。

佐倉を先に作業場に戻らせると、榎田は「どうです?」とばかりに、笑ってみせた。

「僕を襲うようなタイプじゃなかったでしょう?」

「ああ、そうだな」

「サイズは前回とまったく同じですね。型紙はそのまま使いますけど、仮縫いが終わったら連絡します。今立て込んでますので、いつもより少し時間がかかると……」

言いかけて、芦澤の視線が二階に続く階段のあるほうへ向いているのに気づく。

もう佐倉の姿はないというのに、その姿を追っているかのように、いつまでも視線を逸らそうとしない芦澤を怪訝に思った。

やはり、先ほどから芦澤の態度がおかしい。

「……どうか、したんですか?」

「いや、なんでもない。電話をもらったら、また来る」

「あの、芦澤さん？」

「俺のことを想像しながら丁寧に縫えよ」

「！」

耳朶《じだ》に唇が触れるほど近くで囁くと、芦澤は踵《きびす》を返した。

「行くぞ、木崎」

「はっ」

店を出ていく二人の背中を見送りながら、榎田はなんとも言えない違和感を覚える。

芦澤が残した耳許での甘い囁きは、幾度となく躰を重ねた榎田にあの行為を思い出させたが、同時に不安も煽《あお》った。取ってつけたような行動に感じたのだ。

芦澤たちが帰っていくと、榎田は一人で考えても仕方がないと、二階の作業場に戻った。榎田の姿を見るなり、佐倉が頬を染めながら駆け寄ってくる。

「ありがとうございました」

「え？」

「ドキドキしました。一人前のテーラーになった気がして……。お金を頂けるようになるにはまだまだだってわかってるんですけど、なんかこう……一足先に味わわせてもらった感じです」

嬉しそうにする佐倉を見て笑うが、心からの笑顔ではなかった。芦澤の態度が気になって仕方がなく、しばし考え込む。

（気の、せい、……だよな）

何やら胸騒ぎを覚えずにはいられなかったが、針を動かしているうちにそんな気持ちは次第に薄れていき、榎田はいつの間にか作業に集中していた。

榎田の店を出た芦澤は、車に乗り込むなり厳しい表情でバックミラーの木崎と目を合わせた。

「木崎。あの佐倉って男を調べろ」

「承知しました」

言われなくとも、そうするつもりだったという態度である。

「誰かをつけておきますか？」

「ああ、そうだな。あの若いのにしろ。塚原《つかはら》の一件でボディガードを任せた奴がいただろう。あいつは使える」

「はっ」

半分ほどまでタバコを吸い、窓の外を見る。

そこには相変わらず代わり映えのしない街並みが広がっており、雑多な日常が転がっていた。

榎田に出会ってからというもの、この景色をそう悪くないと思いながら眺めることが多くなった。特に深く愛し合ったあとは、心地よい疲労とともにこの景色はある。

しかし同時に、苛立《いらだ》ちや焦燥など、マイナスの感情を抱いたまま睨《にら》むような目を向けることも増えた。感情など捨てたはずの芦澤が、榎田の存在により人間らしさを取り戻したとも言える。

流れる風景をしばらく眺め、独りごとのように静かに言う。

「……似てるな。瓜《うり》二つだ」

木崎は、返事をしなかった。黙りこくっているのは、単に木崎が無口だからというわけではない。さすがの木崎も、動揺している。

佐倉という青年の顔は、死んだ木崎の妹——恵子《けいこ》と瓜二つだった。いや、単に顔の造りというより、全体的な雰囲気だ。ちょっとした仕種《しぐさ》や、斜め後ろから見た時の顎《あご》のラインなどもよく似ている。

性別の違いなど、気にならないほどに……。

「実の兄としてどう思う?」

「ええ、驚くほど似てます」

「偶然だと思うか?」

「今のところ、なんとも……」

車内の空気は、重かった。

もう心の整理はついたというのに、再び過去の記憶が芦澤たちの脳裏に蘇り、苦しめようとしていた。大きな意思が『安息などやらない』と、運命の糸を操ろうとしているかのようだ。しかも、よりによって榎田のもとで見習いテーラーとして働いているのだ。

偶然で済ませるのは、あまりに楽天的すぎる。

「俺を殺したくなったか？」

「いえ」

即答する木崎に、芦澤はふ、と笑みを漏らした。

「そうか……」

無表情の男をバックミラーの中に眺め、タバコを根元まで灰にする。その言葉が本当か嘘かはわからなかったが、木崎に殺されるならそれも仕方がないと芦澤は思っていた。大事な妹の命を奪ってしまったのは、この自分なのだと……。

「佐倉優、か……」

緊張のあまり、採寸する手の指先が震えていた。男だが、可愛いという言葉が似合う外見をしており、背もそう高くなく、榎田よりも華奢《きゃしゃ》だ。

どこから見ても、真面目でまっすぐな青年にしか見えない。

それだけに、芦澤は得体の知れないものを相手にしているような気分を拭うことがどうしてもできなかった。

「こんにちは」

「あ、諏訪さん。ご無沙汰してました」

店に諏訪が姿を見せたのは、水曜日の午前中で、比較的ゆっくりできる時間帯だった。

美貌《びぼう》と隙《すき》のない笑顔は相変わらずで、いかにも『氷の王子』といった感じがした。オールバックのヘアスタイルと色気のないメガネが、諏訪の冷たい美しさをいっそう際立たせている。

だが、この王子が意外に人間らしい優しさを持っていることを、榎田は知っていた。

芦澤の元セックスフレンドで、初めのうちは時折、妖《あや》しげな色香を漂わせる諏訪に嫉妬の感情を抱いたりもしたが、今は榎田が信頼をしている人物の一人である。

「作業中だった？　タイミング悪かったかな」

「いえ、今終わったところです」

榎田はちょうど佐倉と店の中で入荷してきた生地のチェックをし終わり、作業場に戻ろうとするところだった。納品書の品番と数量を照らし合わせるだけなので佐倉に任せてしまってもよかったが、あまり雑用ばかりさせておくとテーラーとしての勉強が進まないため、最近は雑用もほどほどに抑えている。

そのぶん榎田に負担がかかっているが、それでも後輩を育てることにやり甲斐《がい》を覚え始めており、多少の苦労など少しも気にならなかった。

「ちょっと近くを通ったものですから……。それに、そろそろスーツも新調したいと思ってたので……。新作でいいの入りました？」

「はい。ちょうど諏訪さんにお似合いのが何点かございますよ。……あ、先にご紹介しておきますね。彼、ひと月ほど前からうちで見習いをしてます」

榎田が言うと、佐倉は一歩前に足を踏み出して深々とお辞儀《じぎ》をする。

「初めまして。佐倉と申します。まだ見習いですが、いずれこの店でお客様のスーツを仕立てられるよう勉強中です」

「へぇ、可愛い新人さんが入ったんですね。わたしは諏訪といいます。弁護士をしてましてね、困った時は頼ってくださいね」

諏訪は慣れた手つきで名刺を佐倉に渡した。佐倉のほうは、新人のサラリーマンのように躰を固くしながらそれを受け取っている。

決してスマートではないが、年齢にしては幼く見えるせいか逆に好感の抱ける態度だった。

「ところで諏訪さん、少しお痩《や》せになりました？」

「……ああ、夏バテしてからそのまま戻らなくてね。ちょっと胃も壊してて」

「お仕事大変なんですね。よかったらお飲物でもいかがです？　コーヒーはやめたほうがいいと思いますので、別の物を用意しますよ」

「じゃあ、お言葉に甘えようかな」

榎田は佐倉に飲み物の準備をするよう目で合図し、その間に今日入ってきたばかりの生地と、先週からずっと諏訪にいいと思っていた名門ミルであるテイラー&ロッジのヴィンテージ生地を出してきた。

ヴィンテージというと、ジーンズによく見られる色褪《いろあ》せた風合いを想像しがちだが、名門ミルの生地ともなれば織りもしっかりしているため、月日が経ったぶん生地にハリや独特の艶《つや》が出てくる。保存さえしっかりしていれば二、三十年前のものでも新品同様にいい状態を保つことができ、強度的にも問題はない。

一度水に晒し、自然乾燥をさせて最後にアイロンを軽く当てて蘇らせた生地は諏訪の心を捕らえたようで、ひと目見るなりヴィンテージものの生地を手にした。

「これがいいなぁ。そんなに派手じゃないのに、よく見ると色合いが独特ですよね」

「こちらは二十五年前の生地でヴィンテージものです」

「へぇ、そんなに昔のものなんですか？　こんなに綺麗なのに？」

「織りがしっかりしてますからね。この生地でしたら、ボタンはこのあたりのものが似合うと思います」

榎田はボタンの見本を見せ、裏地やデザインまで全部決めてしまうと早速、採寸に入った。少しウエストがサイズダウンしていたが、秋冬用のスーツということも考慮し、あまり大きな直しは入れずに型紙を補正することにする。

採寸が終わると、計ったように、佐倉がグラスの載ったトレイを持って現れた。

「お疲れさまでした。どうぞ」

「ありがとう。仕事中に邪魔をしてすまないね」

「いえ、とんでもございません」

佐倉は軽く一礼すると、二階の作業場に戻っていく。

諏訪の目がしばらくそれを追っていたが、榎田が自分を見ているのに気づいて、口許に笑みを浮かべた。まるで榎田が取引先の人間であるような、完璧なビジネススマイル。

榎田は、芦澤が佐倉に会った時にも抱いた違和感を覚えた。

「噂の新入りさん、よく働いてるみたいですね。芦澤さんからも話は聞きましたよ」

「初めは誰かを指導するなんて無理だと思ってたんですが、大下さんもいるから、なんとかやってます。自分が勉強になることもありますし」

「そうですか」

「ええ。彼、細かいところまで気が回るんですよ。……ああ、どうぞ」

グラスが手つかずになっているのに気づいて、榎田はそれを勧めた。そして、自分もグラスに手を伸ばす。

「……ホットレモネード」

諏訪はグラスを手に取ると、呟《つぶや》くようにそう言った。何か思うところがあるのか、すぐに口に運ばずに考え込むような表情を見せる。

「もしかして、お嫌いでしたか？」

胃を傷めているからとはいえ、好みを確かめずに別のものを出したのは気が利かなかっただろうかと申し訳なく思った。しかし諏訪は、すぐに普段の態度に戻る。

「いえ、好きですよ。遠慮なく頂きます。コーヒーもいいですけど、ビタミンはたくさんとったほうがお肌にもいいですしね」

わざと女性が口にするようなことを言ってみせる諏訪に、思わず笑った。

造りもののように整った顔立ちで、ハッとするような美貌を持つ諏訪だが、佐倉に対して感じるような女性的なところはなかった。顔に傷痕《きずあと》が残るような怪我《けが》をしても、諏訪はそれを気にしないだろう。

芦澤曰《いわ》く、男を咥えずにはいられない淫乱《いんらん》で、やり手の弁護士。

女性顔負けの美しさを持ちながらも、実はかなり男性的で逞《たくま》しい性格なのだということが、最近わかってきた。

「ところで諏訪さん」

「はい？」

「その……芦澤さん、佐倉君のことを諏訪さんに話した時、どんな感じでした？」

「どんなって？」

「いえ、何か言ってなかったかなと思って」

榎田は、思いきってずっと気になっていたことを聞いてみた。初めて佐倉を見た時の芦澤の態度がいまだに頭に残っていて、時々ふとあの時の芦澤の表情を思い出してしまうのだ。

そして、今の諏訪の態度。

いくら諏訪が優秀な弁護士でも、本気の笑みとそうでないものの違いくらいわかる。

「何か不安なことでも？」

「いえ、そういうわけではないんですが……」

「芦澤さんに直接、電話すればいいじゃないですか。携帯の番号は知ってるんでしょう？」

「ええ、でも……電話って苦手なんですよね。仕事なんかだと用件がはっきりしてるから、どうってことないんですけど」

「声が聞きたかった、じゃあダメです？」

グラスに口をつけながら、からかうように視線をチラリと上げる諏訪に、榎田の頬が染まった。

口が裂けても榎田には言えない。

そんなことをサラリと言ってみせる勇気も、そんな台詞《せりふ》が似合う大人の魅力も、自分にあるとは思えないのだ。

芦澤なら、きっと腰が砕けるような言い方で口にするだろう。

「電話口で卑猥《ひわい》なことを言うし？」

「え……？」

「前に仕事で同席していた時に、あなたに電話しているのを聞いたことがあります。いやらしい声で『躰を隅々まで洗って待ってろ』って……」

ふふ、と笑う諏訪に、耳まで赤くなった。そんな榎田を見て楽しんでいる諏訪に、どう言っていいのかわからない。何か言えば、またさらにからかわれそうだ。

「ところで榎田さん」

「は、はい」

「芦澤さん、もしかしたら、あなたが納得できないことを言い出すかもしれません。でもその時は、黙って芦澤さんの言うことを聞いたほうがいい」

「……え？」

突然の忠告に、ひやりとするものを感じた。

言っている意味がわからない。

「やっぱり佐倉君のことを何か……」

「いえ、ちょっと面倒が起きたので、あの帝王はご機嫌斜めってことです。些細《ささい》なことで喧嘩《けんか》をしないようにね。榎田さんも結構気がお強いから」

諏訪は軽く言ってみせたが、榎田にはそれがただの冗談には聞こえなかった。追及したい気持ちに駆られたが、多少問いつめたからといって、この男が簡単に口を割らないこともわかっている。

また自分の知らないところで何か起きているのか——漠然とした不安がじわじわ心に広がっていく。

そして予感が現実となるまでに、時間はかからなかった。


「……——え？」

榎田は恋人の言葉に耳を疑った。

仮縫いが済んだと連絡を受けた芦澤が、補正箇所の確認のために榎田のところに現れたのは、諏訪と会ってから五日ほどが過ぎてからだった。今日は店が月に二度の定休日だったため、大下も佐倉も不在で、作業は自宅で行った。

芦澤の直しが終われば榎田も休息を取る予定だったのだが、せっかくの休日を台無しにするようなことを言われ、すぐに返事ができない。

諏訪の意味深な忠告が、脳裏に蘇る。

「聞こえなかったのか？　あいつをクビにしろと言ったんだ」

「あいつって……」

「新入りのことだ」

芦澤は黙ってタバコに火をつけ、ゆっくりと紫煙を燻《くゆ》らせた。その表情からはなんの感情も読み取れず、これが本当に自分の恋人なのかと疑いたくなった。

いつもと違う恋人の態度に、榎田は戸惑わずにはいられない。

「どうして……そんなことを、言うんですか？」

榎田の問いに、芦澤はチラリと視線を向けただけでまたタバコを口に運んだ。

静かで、近寄りがたい空気が芦澤を包んでいる。

「俺の言うことが聞けないのか？」

冷たく問われ、榎田は息を呑んだ。こんな芦澤は、久しく見ていなかった。

いったい佐倉の何が、芦澤の機嫌を損ねたのか。まさか本気でテーラーとして榎田を慕う佐倉に嫉妬しているわけではないだろう。戯れに言ってみることはあっても、色恋沙汰を仕事に持ち込んで無理を言うような小さな男ではない。

「理由もなしにクビにしろだなんて、そんなこと、納得できるわけがないじゃないですか」

「お前だって、最初は迷惑だったんだろう？　職人を雇う余裕があるのか？　ただでさえ時間に追われて仕事をしてるってのに、あんなガキの世話をする暇なんてないだろう」

「でも、引き受けたことです。自分が言ったことを簡単に覆すようなことはしません。それに、自分の気まぐれで他人の人生を振り回すことなんてできないです。どうして、僕にそんなことをしろだなんて……」

「ハッ。つまり、俺の言うことは聞けないってことか」

「り、理不尽なことなら、聞けませんよ」

あまりに一方的な態度に、反発を覚えずにはいられなかった。

芦澤が傲慢な男だということは、よく知っている。身勝手で、なんでも自分の思い通りにコトを運ぼうとする。周りの人間に、それが許される男だと納得させるものを持っていることも、すべて承知だ。

だが、榎田の仕事をないがしろにしたことはなかった。榎田がテーラーという仕事に誇りを持っているからこそ、尊重してくれた。

それは、芦澤が自分をちゃんと一人の人間として、そして一人の男として扱ってくれているからだと理解していた。

芦澤とのセックスで、どんなことを求められても許してきたのは、都合のいいセックスの道具ではないと信じていたからだ。それなのに、突然こんなことを言い出すのはどうしてなのか。

芦澤の意図がわからない。

「理由はなんです？」

「今言っただろうが」

悔しさのあまり、無意識に拳《こぶし》を握りしめ、搾り出すように言った。

「……僕は、あなたのなんなんですか？」

「なんだと？」

冷たい視線を浴びせられ、脚が震える。

出会った頃に戻ったようだ。店の従業員だった男に借金を背負わされ、『テーラー・えのきだ』がヤクザお断りの営業方針だった店に芦澤が興味を抱き、取り立てと称して直々にやってきた。

初めは、遊びの一環として榎田を抱いたはずだ。口応えをする人間などいない芦澤に、自分の店を守るために反発していた榎田に対する興味が芦澤の足を何度もここに運ばせた。

心など繋《つな》がっていなかった。

なぜ、あの頃と同じような感覚を抱かなければならないのかと思うと、悲しくなってくる。

「もしかして僕は、今もまだ……芦澤さんの愛人なんですか？」

「何？」

明らかに、気分を害した顔だった。

ここで喰い下がれば、恋人の怒りを買うことになる。

しかし、そうだとわかっていても、ここで流されるなんて榎田のプライドが許さなかった。いい子にしていれば芦澤の怒りは買わないで済むが、心が通い合うこともない。

「僕は……お金で買われた人間なんですか？　僕がどんなことを言われても、簡単にあなたの言葉に従うとでも？　僕には意思がないと？　もし、芦澤さんが僕をなんでも言うことを聞く都合のいい相手だと思っているなら……」

そこまで言って、口を噤んだ。

芦澤が、静かに榎田を見ていた。

怒っているようでもあり、見限った相手を冷めた心で見つめているようでもある。

(芦澤さん……)

言ってはいけないことだったのだと、今気づいた。

頭に血が上ったからといって、なぜこんなくだらない言い方をしてしまったのかと後悔した。

芦澤の気持ちを疑うようなことを口にして、自分たちの間に溝を作ってしまった。

愚かな自分が恥ずかしい。

「あの……っ」

すぐに謝ろうとしたが、言葉を発する前に芦澤はタバコを消す。

「とにかく、あの佐倉って奴をクビにするんだ」

「ちょっと待ってください。すみません、変なことを言ってしまって。でも……っ」

「わかってるなら、俺の言うことに逆らうな」

「あ、芦澤さん……っ!」

「次に来た時にまだあいつがいたら、どうなるかわかってるだろうな。おとなしく、俺の言うことを聞け」

「――待ってください。芦澤さん、待って……っ」

追いかけたが、芦澤は振り向きもしなかった。引きとめようとする榎田の手を払い、店を出ていく。こちらに背中を向けたまま車に乗り込むのを見て、心が激しい痛みを覚えた。あんな態度を取られるなんて、初めてのことだ。

芦澤から逃げることはあっても、こんなふうに追いかけなければならないことなど、今までなかった。待ってくれと縋りついてもなお、振り向いてもらえないことが、こんなにもつらいだなんて初めて知った。

車に飛びついて訴えようとしたが、車の側《そば》で待っていた木崎に制される。

「――っ!」

「言う通りにしたほうが、あなたのためです」

木崎が芦澤に駆け寄ろうとする榎田をそっと制し、小さな声で忠告した。静かだが、有無を言わさない言い方だ。

「木崎さん、何を知ってるんですか?」

教えてくれと目で訴えるが、木崎はそれ以上口を開こうとはしない。

「ねぇ、芦澤さん……っ、お願いですから、開けてください。僕の話を……っ」

窓にはスモークフィルムが貼《は》られているため、中の様子は見えないが、榎田が引きとめようとしたことに芦澤が気づいていないはずはなかった。それなのに、窓すら開けてくれない。

木崎が車に乗り込むと、それは低いエンジン音を鳴らしながらゆっくりと発進し、榎田を置いて加速する。

車が見えなくなってもすぐに動き出すことができずに、榎田は半ば呆然《ぼうぜん》としたままその場に立ち尽くしていた。


言うんじゃなかった。

自宅に戻った榎田は、一人頭を抱えるようにして座り、何度も同じ言葉を頭の中で繰り返していた。激しい後悔に襲われ、自分の愚かさを噛みしめる。

いくら芦澤の一方的な命令に反発を覚えたからといって、あんなことは言うべきではなかったのだ。もう少し、言葉を選ぶべきだった。諏訪に忠告をされていたのに、無駄にしてしまった。

あんなくだらないことを言った自分が、心底恥ずかしい。

榎田がなんでも言うことを聞く都合のいい相手だから恋人にしているわけではないことは、これまでの行動からわかっているはずだ。

木崎が事件を起こした時には、榎田のために命を張ってくれた。敵対する塚原に連れ去られた時も、組での地位を失う危険を冒してまで助けに来てくれた。計算など、どこにもなかった。

それなのに、自分ときたら――。

このままでは嫌われてしまう。

榎田は俯《うつむ》いたまましばらく作業場に座っていたが、ゆっくりと顔を上げ、マネキンに着せてある補正をしたばかりの芦澤のスーツを見た。それに近づき、胸のあたりにそっと触れてみる。

ほんの少し前までは、ここに生身の芦澤がいた。すぐ近くで声を聞くことができた。

「芦澤さん……」

愛しい相手の名前を呼び、切なさに眉をひそめた。胸が痛くて、そして苦しくて、どうしようもない。

（諏訪さんは、きっと何か知っている。今、芦澤さんに何が起こってるのか、聞いてみよう）

榎田はそう決心し、店にある顧客名簿を取ってきて受話器を握った。

自分が出会うよりずっと前から、諏訪は芦澤を知っているのだ。セックスフレンドだった相手で、一筋縄ではいかない弁護士。

自分よりも、芦澤のことをよく理解しているのかもしれない。

恋人としていささか複雑だが、諏訪という人間のよさを知る榎田は、愚かな自分を晒しても助けを求める素直さくらい、まだ持っていた。

芦澤を失ってからでは、後悔する。

『あ、榎田さん？』

「お忙しいところ、すみません。ちょっとお話があるんですけど、時間を取っていただけないでしょうか？」

『スーツのことではないようですね』

「ええ、芦澤さんのことで……」

そう言うなり、受話器の向こうの空気が少し変わった気がした。

幸い、ちょうど今夜は空いていると言われたため、それから榎田はすぐさま店を出て、諏訪のところに向かうことになった。多忙な毎日を送っている諏訪にしてみれば、ゆっくり休める数少ないオフの時間だろうにと申し訳なく思ったが、今は縋らせてもらうしかない。

約二時間後。

事務所の応接室に通された榎田は、諏訪と向かい合わせになって座っていたが、事情を聞いた諏訪から返ってきたのは意外に手厳しい言葉だった。

「直接、芦澤さんに聞いたほうがいいと思いますが？」

メガネの向こうのクールな瞳にまっすぐに見据えられ、突き放されたような気分になる。

「教えてくれと言っても、きっと教えてくれません」

「じゃあ、教えてくれと説得するんですね」

「そんな……。意地悪を言わないでください」

自分でも情けない声を出しているのはわかっていたが、見栄を張って取り繕っている場合ではないと思った。呆《あき》れられても構わないと、ただ必死で頭を下げる。

「さて、どうしましょうかね」

いつもの微笑を湛《たた》えているが、明らかに困っている様子だった。つまり、芦澤が何か隠しているのは確かだということだ。

芦澤に結婚話が出た時も、芦澤はその事実を隠して榎田を守ろうとした。その挙げ句、すれ違いを起こしてしまい、塚原につけ入られることになった。

今回も自分を守ろうとしてくれているのは、容易に想像できる。

「あなたのことが大事だからこそ、話さないってこともあるんですよ。話すべき時が来たら、きっと自分の口から伝えようとするでしょうね」

「でも、待てません」

「待てません、か……。あの人を信じて待つことはできない？」

その問いかけに、一瞬返事ができなかった。

待てないのは、自分の弱さだ。

そう正直に言うと、諏訪は「仕方ない」という顔で軽くため息をつく。

「いいでしょう。芦澤さんがなぜ、佐倉という人物をクビにしろだなんて言い出したのか、教えてあげます」

「本当ですか」

「ええ。でも、あとでちゃんと芦澤さんに聞いてください。直接、あの人の口から聞くんです」

「はい」

諏訪の言い方に不安が広がるが、もう事実を聞かずにはいられなかった。

誰の口からでもいい。まず、芦澤に何が起きているのかが知りたい。

「あなたのところで働いている佐倉さんですが……」

「はい」

いったんは言いかけたというのに、なおも迷っている素振りを見せる諏訪に焦らされながらも、榎田は身を乗り出すようにして次の言葉を待った。

「死んだ木崎さんの妹さん……恵子さんに似てるんですよ」

「え……」

榎田は、心臓に冷水を浴びたような気がした。

死んだ木崎の妹。

芦澤が極道の世界に入ったきっかけとなった女性だ。不運なことに、悪い男に捕まって命を落としたが、芦澤が自分の気持ちを殺して身を引いてまで、その幸せを望んだ相手。

榎田と出会う前までは、彼女の命日には誰も自分に近づけようとはしなかった。そのことを考えると、彼女の存在がどれだけ芦澤の心を占めていたのか想像できるが、今年初めの彼女の命日には一緒にいろと言われ、一日を二人で過ごした。

それなのに――。

榎田は、自分の顔がこわばっていくのを感じていた。

諏訪の話によると、顔の造りだけではなく、仕種や癖も彼女を彷彿《ほうふつ》させるのだという。全体から醸し出される雰囲気も彼女そのもので、実の兄である木崎も驚きを隠せなかったそうだ。

性別の違いなど超えるほど似ており、彼女の生まれ変わりか、双子の兄妹かと思いたくなるほど似ている相手。

そんな佐倉が、榎田の下で働いている。

「そう、だったんですか」

「わたしも直接彼女のことは知りませんが、写真は見せてもらいました。確かに信じられないほど似てます。それに、佐倉さんが出してくれたホットレモネード」

「ホットレモネード……？　それが、どうかしたんですか？」

「彼女も、よく作っていたそうです」

なんと言っていいかわからず、口を噤んで視線を漂わせた。

事務所の床は埃《ほこり》一つ落ちておらず、蛍光灯の光を浴びて白々としている。無機質なそれを見ていると、ここがどこなのかわからなくなってきて、榎田はソファーの上に置いた手をぎゅっと摑んだ。

ショックのあまり頭がぼんやりとしてきて、思考が上手く働かない。

「あ、でも勘違いしないでください。芦澤さんはもう、彼女のことは吹っ切れてます。あなたのおかげでね。ただ、あまりにもできすぎた偶然なので、警戒してるんですよ。世の中に同じ顔の人間が三人はいるって言いますけど、好みや癖まで似てるなんて、おかしいと思いませんか？そんな人が、芦澤さんの大事な人であるあなたのところで働いているんです。しかも、かなり強引にあなたに雇ってくれと言ったそうですね。裏があると思うのは当然のことです」

「それで、何かわかったんでしょうか？」

「いえ、今のところは……。身元など特に疑わしいところはないようです。わたしもいろいろとツテを使って調べたんですが、何も出てきませんでした。今のところ彼は白です」

「だったら……」

「でもね、芦澤さんは納得してない」

諏訪は強い口調で言った。榎田に、余計な勘ぐりはするなと言っているようだ。

「疑わしいところがないのに、勘が警告を発してるんですよ。つまり、どんなに白だという証拠があっても、芦澤さんにとって彼は得体の知れない相手ということには変わりありません。いや、かえって不気味なのかもしれない」

諏訪の言葉に一度は頷いてみたものの、本当にそれだけなのかという思いをどうすることもできない。

芦澤がどれだけ木崎の妹のことを愛していたのかは、わかっているつもりだ。吹っ切れたといっても、似た人間が現れれば多少は心が揺れるだろう。

それがただの驚きであれ、整理がついたはずの気持ちの再燃であれ、感情を持った人間ならば何かしら感じるものはあるはずだ。

単に、自覚がないだけなのではないか。

恋人を疑いたくはなかったが、どうしてもそう思わずにはいられない。

黙りこくった榎田を見て、諏訪が諭すように言う。

「本来ならあなたを連れ去って、佐倉という人物が本当に危険でないのか自分を納得させられるまで、誰の手も届かない安全な場所に囲っておきたいはずです。それを我慢してるんですよ、あの帝王は。これまででは考えられないことでした。それだけは、わかってあげてください」

「そう、ですね」

「まだ不安ですか？」

「いえ。ただ……」

言いかけて、自分の中にあるもやもやの正体がなんなのか、自問してみた。

この、なんとも言えない疎外感。そして、醜い感情。

「僕は、諏訪さんに嫉妬してるんだと思います」

「え？」

「もっといろんなことを、話して欲しいのに……」

それは、榎田が抱える不安の要因の一つでもあった。

諏訪が知っているのに、自分が知らされていないことにも傷ついていた。

確かに、極道の世界のことは何も知らない。知らないほうが身の安全を守れることもある。だからこれまでも、似たようなことはあった。

だが、これは榎田の店に関係することなのだ。蚊帳《かや》の外に置かれるのは不本意だ。

「芦澤さんは、そういう人なんですよ。あなたに正直に言えば、話はこじれないと思うんですがね。でも、あの人はそれができないんです。佐倉さんという方が、かつての恋人と似てると知ったら、あなたが不安がるとも思っているんでしょう。いきなりクビにしろなんて言うほうが、変な疑心を生むことにもなるし、問題があると思うんですがね。ほんと、困った人です」

呆れたような言い方に、芦澤と諏訪の長いつき合いをあらためて思い知らされた気がした。もう躰の関係は切れているというのに、諏訪にまで嫉妬心を抱いている。

そんな自分が醜く思えてきて、榎田は複雑な笑みを口許に浮かべた。

3

その日は、朝からずっと雨だった。

湿り気を帯びた空気はずっしりと重く、同じ調子で静かに降り続けるそれは榎田の気を滅入らせていた。空は低い位置にあり、澱《よど》んだ雲は我慢できないというように、時折不機嫌そうに低く唸《うな》る。

作業場で芦澤のスーツを縫っていた榎田は、ふと手をとめて顔を上げた。大下は相変わらずマイペースで仕事をしており、いつも変わらない職人の姿に感心させられた。作業が進まない日もあると言っていたが、榎田にそれを感じさせたことはない。

佐倉も真剣な表情で一心に針を動かしており、全工程の三分の一くらいまで作業が進んでいる。

（芦澤さんが愛した人と、似てるんだ……）

佐倉の顔を見ると、心が乱れた。

芦澤がかつて愛した女性の顔を、榎田は知らない。どんなふうに芦澤に笑いかけ、どんなふうに芦澤に触れたのか、何も知らない。

あの時、芦澤はどんな思いで佐倉を見ていたのだろうか。

佐倉に採寸をさせた日のことを思い出して、嫉妬にも似た感情が再び湧き上がるのを感じていた。

（どんな女性だったんだろう……）

芦澤の恋人になってからは気にしなくなっていたが、このところ、かつて芦澤の心の大部分を占めていた女性のことを考えるようになっていた。佐倉が現れる前なら、頼めば写真くらい見せてくれただろう。どうしてそうしなかったのだろうと、深く後悔する。

優しい女性だったんだろうなと、想像した。

佐倉も優しい青年だ。

次第に佐倉に嫉妬しているのか、死んだ彼女に嫉妬しているのか、わからなくなってくる。

「どうしたんですか？」

じっと見ていたためか、佐倉が怪訝そうな顔で首を傾《かし》げ、榎田の顔を覗き込んだ。こういった女性的な仕種がより死んだ恋人を思い出させるのかもしれない――そんなことまで考えてしまい、榎田は慌ててその思いを頭から追いやった。

「ぁ……っ、ごめん。なんでもないよ」

「あの、もしかしてぼくのやり方、何か間違ってるんですか？」

「そんなんじゃないよ。ちょっとぼんやりとしてたもんだから」

慌てて否定する榎田を、大下の目が捉《とら》えた。目が合うと、何かに気づいたのか、諭すような表情を見せる。

気分が乗らない時は、無理に作業をしない。

それは以前、無理を重ねて自滅しかけていた榎田に大下が教えてくれたことだ。あの時のことを思い出し、言われる前にと針を置く。

「すみません、ちょっと休憩します」

「それがいいでしょうな。佐倉君のことは私が見てますから、自宅に戻って少し仮眠でも取るといいです」

「はい、そうさせてもらいます。ごめんね、佐倉君」

「いえそんな……。ぼくが押しかけてきたから、仕事が増えて疲れてるんじゃないですか？」

「そんなことないよ」

申し訳なさそうにする佐倉に笑顔を見せ、芦澤のスーツをマネキンに着せた。そして、道具を一つ一つ片づけ始める。

作業台の上が綺麗になると、佐倉が手をとめて芦澤のスーツを見ているのに気づいた。

「どうしたの？」

「あれって芦澤様のスーツですよね。ぼくが採寸させていただいた……」

「うん、そうだよ」

「雰囲気のある方ですよね。いいなぁ。ぼくは背もそんなに高いほうじゃないし、筋肉もつきにくくて、ああいう人に憧《あこが》れます」

「そ、そう……」

「初めて採寸させてもらったお客様だから、なんとなく特別っていうか……ぼくも早くお客様のスーツを仕立てたいなぁ」

夢見がちな目をする佐倉を見て、榎田の心に不安とも焦りともつかぬ感情が生まれた。

まさか、佐倉も芦澤に特別な想いを抱き始めているのではと思ったのだ。うっとりとした目はテーラーとしての未来を見ているようでもあり、芦澤自身を見ているようでもある。

(何、馬鹿なこと……)

榎田は自分にそう言い聞かせていた。

佐倉は男だ。そう簡単に恋愛感情など抱くはずがない。芦澤のことを特別と言ったからといって、そんなふうに考えるなんて、どうかしている。

「佐倉君もすぐにお客様のスーツを仕立てられるようになるよ」

「そうでしょうか」

「うん、君は努力家だから、期待してるよ」

榎田の言葉に、佐倉は嬉しそうな笑みを見せた。純粋さを見せられるたびに、自分にはないものを見せられているような気がして、心が痛む。

綺麗な目だ。

その目で見られるのがつらく、榎田は佐倉から逃げるように自宅へ向かった。だが、作業場を出る寸前、いったん足をとめて振り返る。

佐倉が、大下にアドバイスを求めているところだった。大下の話に何度も頷いている姿からは、真剣さが伝わってくる。

（あれなら、仕事を覚えるのも早いだろうな）

佐倉は勤勉で真面目だ。とても裏があるようには思えない。

芦澤の勘が警告していると諏訪は言ったが、やはりただの勘違いだとしか思えなかった。かつて愛した女性に似た人間が現れたせいで、動揺しているとも考えられる。

芦澤とて人間だ。勘が外れることもあるだろうし、取り越し苦労だってするだろう。

完璧な人間など、この世にいないのだから……。

そして、心に引っかかっているのは自分の失言だ。

『もしかして僕は、まだ芦澤さんの愛人なんですか？』

何度思い出しても、嫌な言葉だ。

こんな時だからこそ、芦澤の心をしっかりと捕らえておくべきなのに、幻滅されても仕方のないことを言ってしまった。あの言動が芦澤の自分に対する気持ちを冷めさせ、かつて愛した女性に似た佐倉へと向いたとしたら、それは自業自得だ。

芦澤に対する不信というより、自分に対する自信の喪失だ。すべてがマイナスにしか考えられなくなっている。

愛される自信が、ない。

(僕みたいな人間は、愛想を尽かされても仕方ないかもしれない)

佐倉に嫉妬する自分が醜く思えて、榎田はどうしようもない自己嫌悪に陥っていた。一方的に他人を羨《うらや》み、妬《ねた》み嫉《そね》みにも似た感情を抱いているなんて、芦澤に知られたくない。

こんな醜い自分を、見られたくない。

榎田は自宅に戻ると、後ろ手にドアを閉めてため息をついた。

「どうして、佐倉君を雇ったんだろ……」

無意識に出た言葉に驚き、窓に映った自分の姿に目を遣《や》る。

悲しいことに、それは榎田の本心だった。

外はすでに暗くなっており、どんな表情をしているかまでよく見える。

もし、あの時もっと強引に断っていれば、こんなことにはならなかった。芦澤が、かつて愛した女性に似た佐倉に出会うことはなかった。こんな嫉妬心も抱かなくて済んだだろう。

一度は責任を持って佐倉をスーツ職人として育てると決めたというのに、個人的な感情から雇い入れたことを後悔している自分が情けない。

考えれば考えるほど、芦澤を想えば想うほど、自分が醜くなっていく気がした。こんなどす黒い感情が自分の中にあったのかと思うと、気分が悪くなる。

榎田は、無意識に胃のあたりに手をやり、顔をしかめながら仮眠を取るために自分の部屋へと向かった。


「俺の言うことが、聞けないらしいな」

店にやってきた芦澤は、不機嫌を隠せない態度で榎田にそう言った。

芦澤はこの前のように下の呼び鈴を鳴らしたりはせず、木崎を連れていきなり作業場に入ってきた。

佐倉はちょうど買い出しに行かせており、作業場には大下と榎田の二人しかいなかった。

「まだ辞めさせてないらしいじゃないか。クビにしろと言ったのを忘れたのか？」

「僕は、同意してません。佐倉君の何が気に入らないんですか？　芦澤さんに言われたからといって、一方的に辞めさせるなんて無責任なことはできません」

自分だって佐倉がいなくなるのを望んでいるくせに、芦澤にクビにしろと言われたら責任などという言葉をかざして、もっともらしいことを言っているのが滑稽《こっけい》でならなかった。

自分は、ただの偽善者だ。

そう思いながらも、芦澤にそれを知られるのが怖くて、必要以上に強い言い方で反論してしまう。

「店のことには、口を出さないでください」

「来い！」

「ちょ……っ、何をするんですか。まだ仕事中です」

腕を摑まれ、強引に連れ出されそうになると、大下が慌てて二人の間に割って入った。佐倉をクビにしろと言われたことは黙っていたため、何があったんだと大下も驚いている。

「芦澤様。お待ちください。どうかここはひとつ……」

「邪魔だ。退《ど》け！」

芦澤が軽く手を振りほどいただけで、大下は後ろに転がり、尻餅《しりもち》をついた。派手な音とともに道具が散乱し、椅子《いす》が倒れる。

「大下さん……っ」

「ぅ……っ、……いたたた」

大下は座ったまま腰を押さえ、顔をしかめた。腰痛を抱えているのに……、と榎田は乱暴をした芦澤を非難めいた目で見上げた。だが、芦澤は顔色一つ変えず、冷たい視線で大下を見下ろすだけだ。

「じーさん、俺の邪魔をしようとするからだ。自業自得だぞ。覚えておけ。俺の機嫌が悪い時は、余計な真似《まね》はしないほうが身のためだ」

芦澤はそう言い、木崎に目配せをしてから榎田の腕を掴む。

「お前はこっちに来い」

「ちょ……っ、放してください」

大下が心配なあまり抵抗しながら後ろを振り返るが、強引に連れていかれる。

「どうして……こんなこと、するんですか？　大下さんは腰痛持ちなんですよ」

「俺の知ったことか。まだわかってないな。お前、俺を誰だと思ってる？　礼儀をわきまえた立派な紳士か？　それとも善良なヤクザか？　え？　どうなんだ？」

本気で怒っているというのは、目を見ればわかった。苛立ちのようなものすら感じられ、めずらしく感情を抑えきれずにいる恋人に不安を駆り立てられた。

今の芦澤は、かつて愛した女性に似た佐倉の存在に動揺し、佐倉に傾きそうになる自分の感情を持て余しているようにも見えるのだ。こんな真似をしてまで佐倉を辞めさせようとするなんて、芦澤らしくない。

後部座席に押し込められると、榎田は芦澤の隣で黙りこくって身を固くしたまま座っていた。いつもなら木崎がハンドルを握るが、乗り込んできたのは別の舎弟だ。

「出せ」

「――はい！」

車はゆっくりと発進し、すぐに加速する。

車が向かっていく方向からすると、行先が芦澤のマンションでないことは確かだった。あまりなじみのない道を進み、見慣れない住宅街を抜け、再び大通りに出る。

「僕を、どこに連れていくつもりなんですか？」

そう聞いても、返事などしてくれなかった。

空を覆う雲のせいで窓の外の景色は薄暗く、それは今の榎田の心そのものだった。どんよりとした空気に包まれていて、重い。今にも落涙しそうな空は、これから起きることを示唆しているようでもあった。

「俺の気持ちが信じられないか？」

「……え？」

唐突に聞かれ、ずっと俯いていた榎田はハッとなった。芦澤を見ると、前を見たまま怖い顔をしている。

「自分はまだ俺の愛人かと聞いたな」

「……そ、それは……っ」

「そんなに俺が信じられないのなら、俺の印を刻んでやる。使い捨ての愛人でないことを、今からその躰に刻んでやる」

意図がすぐには呑み込めなくて、不安な表情を顔に張りつけたまま芦澤を凝視した。すると、芦澤は少しだけ榎田のほうに顔を向け、冷たい流し目を送る。

「わからないか？　お前を彫り師のところへ連れていってやると言ってるんだ。どうだ？　嬉しいだろう？」

「彫り師……？」

「ああ、そうだ。刺青を入れてやる。何か文句があるのか？　俺が望むなら、そうしていいと言ったのを忘れたのか？」

榎田はゴクリと唾を呑み込んだ。

確かに、芦澤と深く愛し合ったあと、自分の肌に触れながら刺青を入れてみたいと言った芦澤に、そうしてもいいと答えた。

あの時の言葉は、決して嘘ではない。もちろん、雰囲気に流されて言ったわけでも……。痛みに対する恐怖はあったが、自分を欲する恋人の気持ちに応えられるのなら構わないと思ったから、あんな返事をしたのだ。

だが、今の芦澤があの時と同じ気持ちで自分に刺青を彫りたいと言っているとは思えない。

「でも、こんなのは……違う！　どうして、今なんです？　どうして……っ」

声が震えているのが、自分でもわかった。

言ってはいけないとわかっていたが、榎田はそれを心にとどめておくことはできずに口にしてしまう。

「恵子さんに似た人が現れたからなんじゃないですか?」

「……お前、どうしてそれを……」

「いいんですよ。恵子さんに似た人に心が動いたって……。そりゃそうですよね。顔だけじゃない。仕種だって、好みだって似てる。動揺しないほうが不自然ですよ。それに、僕がこの前あんなことを言ったから、幻滅したんじゃないですか? 芦澤さんの心が揺れるのは、僕にだって責任が……」

そこまで言った時、芦澤の目に鋭い光が走った。

「あの悪徳弁護士か」

そう言って唇を歪《ゆが》めて嗤《わら》い、ポケットから携帯を取り出す。

電話の相手は木崎だろう……。

「俺だ。一つ仕事が増えた。お前はこっちに来る前に諏訪のところへ行け。……ああ、連れてくるんだ。あいつの都合など知るか。抵抗するなら殴っていい」

冷静に命令する芦澤の言葉に、嫌な予感がした。誰が相手でも、手加減をしない冷酷な極道の姿だ。

「す、諏訪さんを呼びつけて、どうするつもりです?」

榎田の問いは無視され、息苦しい時間が過ぎていく。

しばらくすると車はあるマンションの駐車場に入っていき、ようやく停まった。ここでも強く腕を摑まれ、引きずり出されるようにして車を降りる。

「——痛……っ」

マンションは芦澤の自宅ほど贅沢《ぜいたく》なものではなかったが、それでも十分な広さはあった。中に入ってすぐは洋風の造りだったが、奥のほうに行くと、襖《ふすま》で仕切ってある部屋がある。

「俺だ。入るぞ」

襖の向こうには、八畳ほどの広さの畳部屋が広がっていた。

壁には、不動明王や毘沙門天《びしゃもんてん》、黒天竜《こくてんりゅう》、花和尚《かおしょう》魯智深《ろちしん》などの絵がかけられており、床の間には刀が飾られている。戸棚の中には、刺青を彫る道具や染料らしきものも並んでいた。

畳の上に直接置かれた布張りの応接セットが、場違いな雰囲気を漂わせている。

そして部屋の中央には作務衣《さむえ》を着た男性が一人、ドアのほうへ背中を向けて座っており、振り返るなりニヤリと笑った。年齢は大下と同じくらいだが、雰囲気がまるで違う。

芦澤と同じ世界で生きてきた者の目だ。

「早かったな。もう始めるのか?」

「いや、まだだ。少し時間をくれ。先に片づけなきゃならない用ができたんでな……。どこか、部屋を貸してくれないか」

「手前の応接室を使うといい。まさかベッドがいるとは言わんだろうな」

「ああ、そこで十分だ」
男は一度だけ榎田に視線を向けたが、何も言わなかった。
今歩いてきた廊下を再び玄関のほうへと戻り、応接室の中に放り込まれる。
「お前はここで待ってろ」
「あの……芦澤さん……っ！」
榎田の呼びかけになど耳を傾けようとはせず、芦澤はドアを閉めた。今、部屋を飛び出しても
すぐにここに連れ戻されるだろう。
不安を抱えたままソファーに座り、じっとその時を待つ。
先ほどの芦澤の様子から、相当怒っているのはわかっていた。きっと諏訪も、とばっちりを受
けるだろう。そう思うと申し訳なくて、あと先考えずに強引に聞き出したことを後悔した。自分
のことしか考えずに起こした行動の結果が、これだ。
(諏訪さん、どうなるんだろ……)
それからどのくらい経っただろうか。ドアの外で揉《も》み合うような音がしたかと思うと、木崎に
連行されるように諏訪が入ってきた。すぐに芦澤も入ってきて、またドアは閉ざされる。
緊迫した空気が応接室を満たした。
諏訪は、自分がなぜ呼ばれたのかわかっているようだ。不機嫌極まりない芦澤を見ても、余裕
の態度で応接セットのソファーに悠々と座ってみせる。

「これはこれは、ご機嫌斜めのようですね。そんな怖い顔で……――っ！」

言い終わらないうちに、芦澤は諏訪の髪の毛を摑み、テーブルの上にうつ伏せの状態で押さえつけた。ダン、と大きな音がして、冷たく美しい諏訪の表情が苦痛に歪む。

割り切った関係とはいえ、かつては躰を重ねていた相手だ。そんな諏訪によくも乱暴な真似ができるものだと、芦澤に飛びついてとめようとした。

「芦澤さん、やめてください！」

「お前は黙ってろ」

「どうしてこんなことをするんです……っ」

芦澤にしがみつこうとするが、木崎に制されて部屋の隅に連れていかれる。

「諏訪。お前がこいつに余計なことを言ったのか？」

芦澤の声は静かだったが、怒気が感じられた。

足が竦《すく》むほどの迫力のある声。いつもは恋人の顔しか見せないが、これが極道の芦澤なのだ。

自分がつき合っている相手が堅気の人間でないことを、見せつけられた瞬間である。

しかし、諏訪のほうもそう簡単に他人にひれ伏すようなタマではないようだ。躰を押さえつけられていても、相手が極道であっても、心までそうとはいかない。

「余計？ ……っく、余計って……なんです？」

痛みに顔をしかめながらも、諏訪は芦澤を見上げた。そして口許に笑みを浮かべ、当てつけるように言う。

「恋人には、知らせるべきだと、思うんですがね。……——痛……っ」

「それは俺が決めることだ。お前が俺たちの間に入って勝手なことをしていいと、いったい誰が許した。え？」

「もう、やめてください！　聞いたのは僕です。僕が無理やり聞き出したんです。諏訪さんは何も……っ」

どう叫ぼうが、今の芦澤に榎田の声は届かなかった。諏訪の髪の毛を掴んで立たせると、当てつけるように低く言い聞かせる。

「今度こんな真似をしてみろ。タダじゃあ済まないぞ」

突き飛ばされた諏訪は派手に倒れ、弾みでテーブルに顔を打ちつけた。鈍い嫌な音がしたかと思うと、血が一筋、諏訪の唇から滴り落ちる。

「く……っ」

「諏訪さん！」

「木崎、手当てしてやれ」

「はっ」

諏訪は自分の言葉を無視する芦澤を睨み、差しのべられた木崎の手を邪険に振り払う。

「結構ですよ。この程度の怪我なんて、手当てされるほどじゃないです」

「お前から綺麗な顔を取ったら、何が残るんだ？　――木崎」

木崎が落ち着いた態度で促すと、おとなげないと思ったのか、諏訪は軽くため息をついて部屋を出ていった。

ついひと月半ほど前は恋人の熱い囁きに心を濡らし、二人でいる心地よさに身を委《ゆだ》ねていたというのに、どうしてこんなことになったんだと思わずにはいられない。それもこれも、佐倉がやってきたことから歪みは始まった。

いや、佐倉のせいではなく、自分のせいだ。

後悔ばかりが先に立つ。

「お前はこっちだ」

「どうして、あんなこと……」

榎田は引きずっていかれ、再び彫り師のもとへ連れていかれた。男は先ほどと同じ体勢で座り、下絵らしきものが描かれた紙を眺めている。

「用は済んだか？」

「ああ、待たせて悪かったな」

「じゃあ、さっそくやろうか。まず、肌を見せてもらおう。太腿の内側に入れるんじゃったな」

男が言うと、芦澤の舎弟がやってきて、榎田は両側を固められるようにして男の前へと連れていかれた。そしてスラックスを脱がされる。

「何をするんですか。やめてください！」

「ほぅ。ここまでキメの整った男の肌というのも、めずらしいな。これに針を刺すのか。刺青が映えるぞ」

「やってくれ」

「ちょっと……何するんです！」

「お前さん、いったん覚悟をしたんじゃろうが。男なら観念せい」

しわがれた声が、往生際の悪い榎田をあざ笑っていた。

男は榎田が恐怖から拒んでいると思ったらしいが、抵抗している一番の理由は、芦澤の心が見えないまま彫られることへの不安からだった。

本当に自分を欲して、こんなことをしているとは思えない。

「服を脱がせて寝かせるんじゃ。下着もだ。あそこに黒猫《くろねこ》があるじゃろうが」

舎弟たちが許可を求めるように振り返ると、芦澤は黙ったまま一度頷き、舎弟の一人が籠《かご》の中から白い布を取り出してそれを広げる。縦長の三角形の布に、T字型に横に細い布が縫いつけられた物だ。

それは黒猫 褌《ふんどし》と呼ばれるもので正式には水褌といい、巻くとTバックのビキニのようになる。もともとは子供用として作られたものだが、サポーターとしての機能に優れているため、剣道用の下着としても用いられる。

「褌が恥ずかしいか、若いの」

からかうように言われ、榎田はカッと目許を染めると、唇を噛んで目の前の彫り師を睨んだ。

抵抗したが結局下着も剝《は》ぎ取られ、褌を巻かれた格好で真新しいシーツを敷いた布団に寝かされる。そして太腿の内側が男によく見えるよう、右脚を曲げた状態で押さえ込まれた。

「暴れると痛いぞ」

「——芦澤さん！」

やめさせてくれと訴えるが、芦澤はタバコを咥えてソファーに座ると、榎田をじっと見据えた。

彫り終わるまで見ているつもりらしい……。

必死で抵抗するが、四人がかりで押さえ込まれては身動き一つできず、榎田は男が道具を手にするのをただじっと見ていることしかできなかった。


「——ぁ……っ！」

針が肌を貫くたび、苦痛の声が榎田の唇の間から漏れていた。

彫り師の男は、三十センチほどの細い棒の先端についた針を、彫刻刀を使うのと同じ要領で刺している。先端は一見すると平たい一枚刃のように見えるが、毛筆と同じように先端のカートリッジに針の束を装着する造りとなっていた。

束になった針と針の間に染料を沁《し》み込ませ、肌に入れていくのだ。

「はぁ……っ、……も……やめ、て……くださ……。こんなこと……」

芦澤に助けを求めるが、榎田をじっと見ているだけで何も言ってはくれなかった。

アウトラインを描き込んでいく筋彫りの痛みはまだ浅かったが、本格的に墨を入れていく段階になると声が抑えられなくなる。

機械を使うタトゥとは違い、手彫りで彫る和彫りは色がよく肌に定着し、鮮やかに仕上がるとも言われるが、針を刺す深さは段違いだ。それだけ痛みも増す。

大の男でも悲鳴をあげるほどで、途中で逃げ出す者や失神する者もいるという。

榎田も幾度となく意識を手放しそうになったが、そのたび、芦澤に呼ばれた気がして、現実に引き戻された。

「痛ゥ……っ、――ぅ……っ、ぁ……っ、い……っ、……っく」

あまりの痛みに汗が滲《にじ》む。

榎田は何度か抵抗を試みたが、四方から腕や肩や脚を押さえ込まれているため、びくともしない。汗が次々と流れるせいで体温が下がっているのか、それとも痛みのせいか、躰じゅうを駆け巡る血が冷たくなった気がする。

それなのに、彫られている右の太腿の部分だけが、やたら熱い。

「……っ」

もう一度芦澤を見ると、芦澤はずっと同じ格好で榎田を見ていた。

その目は、自分のしていることを真正面から見据えようとしているようでもあった。覚悟をしているような目だ。

（芦澤、さ……）

その視線に晒されていると、道連れにするという言葉が脳裏に蘇ってくる。

芦澤が本当に自分を想ってこんなことをしているのなら、どんな痛みも耐えられる。たとえ狂気だとしても、そこにあるのが愛情ならば、受け入れる覚悟はあった。

だが、今は芦澤の心を信じていいのかわからない。

本当に、こんなことを望んでいるのか――。

死んだ彼女に似た佐倉に心が動いているのを誤魔化《ごまか》そうとしているだけなのではないかと、もう何度思ったか知れない疑問を、榎田は心の中で繰り返していた。

芦澤さえ気づいていない芦澤の気持ちがありそうで、怖い。そして、いつかふと芦澤がそれに気づいてしまいそうで、恐ろしい。

焼けるような痛みと不安に襲われながら、榎田はただ耐えていた。

それが今の榎田にできる、唯一のことだ。

「ぁ……っ、……はぁ……っ、……っく」

長く、苦痛に満ちた時間が過ぎていく。

本来なら二時間ほどでいったんやめ、日を置いて続きを彫っていくというやり方が一般的だ。

しかし、二時間経っても男はやめようとはせず、榎田の状態を見て事務的に言う。

「もう少し続けさせてもらうぞ」

「う……っく」

この頃になると、さすがに躰全体が発熱してきて、頭がぼんやりとし始めてきた。

肌深くに染料を入れていくのだ。

染料は人体にとっての毒であり、それが血液やリンパの流れに乗って躰じゅうを駆け巡る。異物が入ってくれば人の躰というものはそれを拒絶し、排除しようとする。榎田の躰の中でも、細胞の一つ一つが抵抗をしているはずだ。

染料の一部は肝臓の機能によって外に排出されるが、肝臓の解毒作用にも限界がある。広い範囲に彫る場合、一日に施術する範囲に注意をしないと解毒しきれずに命を落とすこともある。

刺青を躰全体に入れているような人間が長生きしないと言われているのも、染料が人体にいい影響を与えないためだ。

（……躰が、……熱い）

自分の躰がいったいどうなっているのか、わからなかった。

炎の神でも宿ったかのように、時間を追うごとにカッカと火照《ほて》ってくる。放出される熱が、自分の周りの空気をも暖めているのがわかった。

永遠に終わらないような気さえしてきて、このまま焼き尽くされて消滅するのではないかという思いがよぎり、それならそれで構わないという思いに囚われる。

目が霞《かす》んでいるのは、熱のせいか、それとも体内を駆け巡っている毒のせいか。

先ほどまで四人がかりで押さえつけられていたが、榎田に抵抗する力がもうないとわかると、一人、また一人と消えていき、榎田は自分の身を差し出すように右膝を曲げ、軽く躰を丸めて横向きになっていた。もうされるがままだ。

彫り師が針を置いたのは、三時間が経ってからである。

「……っ、……はぁ……、……っ」

「よく耐えたな、若いの。案外骨があるじゃないか。じゃが、もう限界じゃ。これ以上やると、躰が持たんじゃろ。今日はこのくらいにしておくか」

男はそう言って旅術した場所に乾燥を防ぐためのラップを巻き、榎田の躰にタオルケットを被せてから芦澤に目配せをした。すると芦澤は無言で立ち上がり、彫り師のあとに続いて部屋を出ていく。

それをぼんやりと眺め、一人きりになった部屋で自分の呼吸を聞いていた。

（あと、どれくらい……こんなこと、続けるんだ……）

ようやく痛みから解放されると安心した榎田だったが、三時間も彫り続けられていたせいか、まだ針を刺されている感覚が続いている。熱のせいで息をするのもつらく、胸板が大きく上下していた。

逃げ出すなんて、できっこなかった。それどころか、立ち上がる気力もない。太腿の部分が熱を持ち、激しく疼く。表皮を一枚剝ぎ取られてしまったかのようだ。

(店、どうなってるんだろう……)

残してきた仕事のことが気になり、定まらない思考で店のことを考えた。大下のことも、頭に浮かんだ。

あんなに派手に転んで、腰は大丈夫だったんだろうか。

自分のせいで、大下までひどい目に遭わせてしまったことが、申し訳ない。

(躰が、熱い……)

しばらくぐちゃぐちゃと考えていたが、こうして横になっているだけでもつらく、榎田はゆっくりと目を閉じた。

せめて、眠りたかった。

深く眠れば、この熱と疼きに似た痛みから解放される。体力が戻れば、この絶望的な気分もきっと少しは改善される。しかし、いつまで経っても睡魔はその柔らかな衣で榎田を包んではくれなかった。

自分の荒い呼吸を聞きながら、芦澤が戻ってくるのをじっと待つ。

それから、どのくらい経っただろうか。

ドアが開いた音がして、榎田はぐったりとしたまま、人が入ってくる気配を感じていた。足音が寝かされている布団のすぐ側まで来た時、ようやく目を開けたが、頭を上げることはできずに視線だけを動かした。

入ってきたのは、芦澤だった。

「組でちょっと問題があった。俺はいったん帰るが、また来る。木崎を置いていきたいが、そういうわけにもいかなくなった。他の若いのを置いていくから、用があればそいつらに言え」

片膝をついて榎田にそっと触れると、すぐに立ち上がる。

(組で問題って……なんですか？　本当に、組で問題が、あったんですか……？)

ここに置いていかれるのは不安で、恋人を呼びとめようとしてスーツの裾に手を伸ばした。しかし、微かに指先が触れただけでそれを摑むことはできず、声もまったく出ない。

(一人にしないで、ください……)

急に不安に襲われ、もう一度声を搾り出そうとする。

「……、ぁ……し……澤……、……さ……」

ようやく少しだけ声になったが、その時すでに芦澤はドアの前だ。

パタン、という音とともに恋人の姿が完全に見えなくなってしまうと、諦めにも似たため息が出て、力なく瞼《まぶた》を閉じる。見捨てられたような気がした。

(最後まで、見届けてくれるのかと……思ってたのに)

部屋は静まり返っており、一人であることを痛感させられる。

追いかけていく力もなく、榎田はただ自分の荒い呼吸を聞いていることしかできなかった。


それから榎田は、一日置いて再び三時間かけて刺青を彫られ、また一日置いて、今度は二時間ほどかけて針を入れられた。背中に入れるほど広い範囲ではないが、施術の途中で見た限りでは、かなり複雑な柄であることは間違いない。

この数日、まるで座敷牢《ろう》にでも囚われているようだった。ドアの外には舎弟が見張りとして立っており、監禁された状態で刺青を彫り続けられた。

食事は一日に三度ちゃんと運ばれてきたが、ほとんど喉を通らず、何度か点滴も打たれた。

結局、あのあと芦澤は姿を現すことなく、刺青を入れる作業は終わったのである。

(あ……)

目を開けた時は、榎田は薄明かりの中にいた。ベランダのほうからカサカサという音がし、鳥のさえずりが聞こえてくる。

雀《すずめ》だろう。小さな羽音がするのと同時に、カーテンに映った影も飛び立った。

（そういえば、終わったんだ……）

まだ熱は治まっておらず、頭はぼんやりとしたままだった。躰もだるく、起き上がることができない。

（まだ、痛い）

自分の躰に施されたものの姿を確認したくて、榎田はタオルケットをそっと退かした。しかし、刺青が彫られた太腿の部分は、ラップが幾重にも巻かれてあり、あまりよく見えない。

思うように動かない指でそれを剝がし、そして、目に飛び込んできたものに視線を釘《くぎ》づけにされる。

（すごい……）

まだ腫《は》れは引いておらず、熱を持った肌は全体が淡いピンク色に染まっているが、それでも刺青の美しさを損なうことはなかった。

太腿の内側全体に、一匹の黒龍《こくりゅう》が浮かび上がっている。

龍は青墨のみの濃淡で描かれ、わずか一か所のみ、腹のあたりに緋色の炎を纏っていた。群青色に近い深い青が、見事なまでの色鮮やかさで榎田を魅了する。

鹿の角と鬼の目、虎《とら》の手は逞しく、鱗《うろこ》で覆われた躰からは艶やかな質感まで感じ取れる。鋭い鷹《たか》の爪《つめ》を持った足は四本。左の前足には龍玉を握っており、榎田の肌に触れることは許さないと威嚇《いかく》しているようだ。

長く立派な髭《ひげ》を蓄えたそれからは、生命が感じられた。これが本当に自分の肌に彫られた絵なのかと疑いたくなる。今にも躰をうねらせながら躍り出てきそうだ。

刺青に魅入《みい》られ、自分の命を削ってもなお、それを彫りたがる人間の気持ちが少しだけわかる気がした。ここに宿ったのは、紛れもなく命あるものだ。

(これが……僕の……刺青……)

触れてみたくてたまらないが、まだ痛みが残っているため、それもできない。

しばらくすると、ドアの向こうで人の気配が動き、舎弟たちが挨拶《あいさつ》をする声がした。芦澤の声も聞こえた気がし、それが開くのをじっと見る。

「気分はどうだ?」

やはり、芦澤だった。

数日ぶりだが、もうずっと会っていなかったように感じ、榎田は布団に横になったまま虚ろな目で恋人を見上げた。夢ではないかと思ったが、確かめる術《すべ》はなく、ただ見ていることしかできない。

(芦澤、さん……)

なんと言っていいかわからず黙っていると、芦澤は布団の横であぐらをかき、榎田の額に手を当てる。

「まだ熱があるな」

「ど、して……」

芦澤の手は、優しかった。

どうしてこんなふうに触れられるのか、不思議だった。今、自分に触れている芦澤の手の温《ぬく》もりを信じられたら、どんなにいいか。

切なさが胸を締めつけ、目頭が熱くなってくる。何を信じていいかわからなくて、迷子になった子供のような心細さを感じた。目の前にいるのは紛れもなく恋人だというのに、不安が拭えない。感情がコントロールできずに、それが溢れてしまう。

榎田の目尻から、涙が伝って落ちた。

「どうして泣く?」

「どう、してって……」

「後悔しても、遅いぞ」

芦澤は身を乗り出すと、肌の上で踊る龍にそっと触れた。

「……っ」

「忘れるな。これは俺の印だ」

芦澤はそう言って布団の上に手をつき、榎田の顔を覗き込む。

「これは、お前が俺のものだという証だ。もう俺から逃げられないぞ。お前を道連れにすると言っただろうが」

「芦澤さん……」

「お前を道連れにする」

「う……っ」

「……弘哉《ひろや》」

耳許で囁かれ、背中がぞくりとなった。

すぐ近くで聞かされた声は少し掠れており、幾度となく芦澤と肌を合わせた榎田は、抱かれる時のことを想い出さずにはいられなかった。

自分を貫く時の、芦澤の欲情した声。息使い。それらの記憶が一気に蘇り、発情を促す。

「俺から、逃げられると思うなよ」

「……っ」

混乱していた。

ようやく微熱程度までに治まったというのに、触れられたところから病に侵されるように、芦澤の熱い囁きにより再び躰が熱を帯びていく。

急激に上がっていく体温。

すでに体力は限界だというのに、芦澤の手に肌は応えていた。

「佐倉なんてガキ、どうして気にする？　俺が欲しいのはお前だ。俺はお前を自分に繋ぎとめておくためなら、どんなことでもする」

榎田は無意識に首を横に振った。

きっと嘘だ。

芦澤は、自分の気持ちがわかっていないだけなのだ。だから、持て余す感情をどうにかしようと、こんなことをしている。きっとそのうち、佐倉を無視できないのはなぜなのか、なぜ佐倉の存在に危険を感じているのか、気づくはずだ。

「痛い……です、……痛い」

身じろぎをしただけで、肌に炎で炙《あぶ》られているようなチリチリとした痛みが走った。熱は躰全体に広がり、ますます意識が朦朧としてくる。いくら息を吸い込んでも楽にならず、喘ぐように酸素を取り込むが、苦しみは増すばかりだ。

「芦澤さん……、痛いです……」

榎田は何度もそう訴えた。

躰だけではない。心が痛いのだ。

「弘哉」

熱く囁かれる自分の名前を、こんなに切ない思いで聞いたのは、初めてではないだろうか。

唇で肌をついばまれ、そこが敏感になっているのを知る。神経が剝《む》き出しになったかのように、微かに布地が肌を擦る感覚にすら、声をあげるほど感じていた。

「あぁ……」

わずかに唇で触れられただけで、ビクッと躰が跳ねた。榎田の反応を確認するように、芦澤は脇腹《わきばら》を撫でる手を滑らせていく。

「ぁ……、やめ……て、……くだ、さ……っ。芦澤さ……っ」

手で芦澤の肩を押し返すが、手首を摑まれて押さえつけられた。

顔をそむけるが、逃げ場はない。

「……お願い、です……、……芦、澤……さ……っ」

「俺を拒むのか？」

「おねが……っ」

拒絶されて気分を害したのか、芦澤は榎田の首筋や耳を愛撫《あいぶ》しながらスーツを脱ぎ捨てて全裸になった。逞しい躰を見せつけられ、羞恥《しゅうち》で頰がいっそう赤く染まった。

褌の中で、自分の中心が硬くなっているのがわかる。

「俺の紋々が好きなんだろう？」

怒ったような真剣な眼差しを向けられ、榎田は心の中で何度も唱えずにはいられなかった。

好きだ。

芦澤が好きだ。

好きだからこそ、今は躰を重ねたくはないのに――。

「残念だったな、鏡がなくて」

「あ！　嫌……っ、……待……っ、……芦澤、さ……っ」

芦澤が体重を乗せてくると中心はますます硬く張りつめ、透明な蜜を先端から溢れさせた。

こんな状態でセックスなんてしたら、死んでしまう。

恐怖感に駆られるが、同時に榎田は自分では抑えきれないほど芦澤を欲し始めてもいた。躰が言うことを聞かず、心を置き去りにして暴走する。

まるで躰が芦澤を繋ぎとめておこうとしているように、芦澤を受け入れたがっていた。

自分の中で、情欲という名の魔物が身をくねらせているのがわかる。

「あっ！」

中心を口に含まれ、頭の中が真っ白になった。理性など、もう効かない。

「んぁ……っ、……ぁあ……っ、あっ！」

芦澤の髪の毛を摑み、自分の中心を舐《な》め回す舌に意識を集中させた。すぐに悦楽の波が押し寄せてきて、あっという間に呑み込まれてしまう。

唾液《だえき》で濡らした指で蕾を探られ、半ば無理やり挿入されると二重の快楽に躰は歓喜し、ますます手に負えなくなった。

芦澤を欲しがる自分を、抑えることができない。

「ぅ……っく、……んぁ……っ、ぁああ……」

榎田は横たえた躰をのけ反らせて、憚《はばか》らず喘いだ。

（躰、が……、焼ける……）

先端のくびれに舌が絡みつくたび、爪先《つまさき》が痺《しび》れ、躰が熱を帯びていく。身を差し出さずにはいられず、小刻みに呼吸を繰り返しながら身を捩《よじ》った。

注がれる快楽は、今の榎田の体力の限界も、それを受けとめられるだけの許容範囲もすでに超えている。

「んぁ、……ぁ、あぁ……ん、——はぁ……っ、ぁあ……っ、あっ！」

グラスはすでにいっぱいだというのに、芦澤はそこらじゅうを濡らしてもなお、禁断の果実から搾り取った果汁を注ぎ入れるのだ。噎《む》せ返る芳香に酔い、意識を朦朧とさせながらも出口を探そうとする榎田だが、捕食者が逃げようとする獲物に鋭い爪を喰い込ませるのと同じように、芦澤もまた、榎田を放そうとはしなかった。

もがけばもがくほど爪は深く喰い込み、傷を大きくする。

「ぁ……っ、あ、も……、……駄目、…………ダメ……ッ」

榎田は息も絶え絶えになりながら、急激に迫《せ》り上がってきたものに身を任せた。ぶるぶるっと下半身を震わせながら芦澤の口の中に白濁を放ち、ゆっくりと躰を弛緩《しかん》させる。

「——はぁ……っ、……っ、……はぁ」

得られた快楽が大きかったぶん、自分の浅ましさを思い知らされたようだ。どうして自分を抑えられないのかと思うと、悲しくなってくる。

しかし、快楽の余韻で躰は震え、なんの刺激も与えられていないというのに、時折ぴくりとなった。まるで、もっとして欲しいと誘っているようだ。

「俺が欲しいか?」

芦澤の声がすぐ近くで聞こえ、榎田は目を開けた。怒っているような真剣な眼差しは、芦澤の精悍《せいかん》な顔立ちをより際立たせ、野性的な色香を感じさせていた。

この男になら殺されてもいいとすら思えるほど、圧倒的な魅力だった。

(芦澤さん……)

虚ろな目で芦澤の唇を眺め、吸い寄せられるように唇を差し出した。

「——ぅん……っ」

乱暴に唇を重ねられ、舌を強く吸われる。自分が放ったものの味が微かにして、ほんのりとした苦味が喉に絡みついた。

芦澤に口内を蹂躙《じゅうりん》されているうちに感情が高まり、抑えきれなくなる。

「んぁ、……ぁ、——ぅん……っ」

「どうした?」

「芦澤、さ……」

「お前は俺のものだ」

「芦……——ぅん……っ、んんっ、……ふ」

繰り返される口づけと注がれる言葉に酔いながらも、芦澤の言葉を信じられずに、心の中で呟いた。

そんなのは、嘘だ。

屹立したものをあてがわれ、自分と繋がろうとする恋人に腕を回しながら、榎田は深い悲しみに包まれる。

(お願いだから、気づかないで……)

もう、芦澤の心がどこにあってもいい。

それでも手放したくない。芦澤が気づいていないだけなら、せめて気づくまでの間、恋人という立場でいたい。側にいたい。抱いて欲しい。

「——ぁぁああ……っ!」

いきなり深く突き立てられ、榎田は悲鳴にも似た声をあげた。

ズクリと、自分の中で芦澤が大きく脈打ったのがわかり、それに応えるように、貪欲な躰は、もっと深く自分を貫いてくれとねだる。

「いい締まりだ。こんなことをされたから、いつもより感じているのか?」

卑猥な腰つきで自分を揺さぶる芦澤の腰に手を回し、指を喰い込ませた。

「あ、ぁ……、……ん、……芦澤、さ……っ、んっ、ん、——ぅん……っ」

甘えたような鼻にかかった声が、次々と唇の間から溢れ出てくる。声を押し殺そうなんて思いは、なかった。

躰はとうに限界を超えていたが、それでも芦澤が欲しくてたまらない。

「ぁ……っ」

榎田は積極的に脚を開き、あられもない格好を晒して恋人を受け入れた。刺青を彫られたところが焼けるようにヒリヒリと痛んだが、それすらも気持ちを高ぶらせるものでしかなかった。

躰が壊れてもいい。もっと深く、芦澤を自分に刻み込んで欲しい。

榎田は、被虐的な気持ちのまままさらに深い愉悦の中に身を浸らせていた。どんなに乱暴な抱かれ方をしてもいい。

こうして抱かれるのは、最後かもしれない。

いつその時が来るのかと思うと、少しでも芦澤のことを覚えておきたくて、自分を激しく責め苛む男にずっと縋りついていた。この繋がりが心を満たすものではないとわかっていても、やめることができない。

この日、時間の観念がなくなるほど繰り返し抱かれ、そして気を失った榎田が次に目が覚めた時は、芦澤は再び姿を消していた。

4

榎田が彫り師のところから戻ってきたのは、連れ出されてから六日後のことだった。

突然、榎田がいなくなったことについては、大下がなんとか誤魔化《ごまか》してくれたらしく、佐倉には急に親戚のところに行かなければならなくなったと伝えたらしい。採寸の予定を入れていた客が二人いたが、それも大下がちゃんと事前に電話を入れておいてくれた。

腰の具合を聞くと、あのあと木崎が様子を見てマッサージもしてくれたため、大事には至らなかったという。芦澤の車の運転を別の舎弟がしたのは、そのためだったのかと少し安心した。大下を気遣うだけの優しさは、あったということだ。

そしてもう一つ。

芦澤は「組で問題が起きた」と言って刺青《いれずみ》を彫っている途中の榎田をあの場所に置いていき、激しく抱いたあとも再び姿を消したが、組で問題が起きたというのは紛れもない事実だった。

組長宅に、三発の銃弾が撃ち込まれたのである。

それはニュースでも取り沙汰《ざた》され、新聞でも大きな記事になっていた。発砲事件として捜査が開始され、警察も動いているという。

少なくとも、榎田に嘘《うそ》をついて置いていったのではないのは確かで、なんとか自分を保つことができた。

（だけど、芦澤さんが僕の仕事の都合をここまで考えなかったのは、初めてだったな……）

榎田は、刺青を彫られた部分をスラックスの上から触れた。

痛みは引き、今はかさぶたができて落ち着いているが、痒《かゆ》みが出てきている。

刺青は彫る者の技術も大事だが、そのあとの手入れをどうするかで色の定着や発色の具合が左右される。しばらくは表面を乾かすなと言われ、今は渡されたワセリンを薄く塗っていた。

あと、どれくらいすれば、もう一度あの見事な龍《りゅう》を見ることができるのか。

自分の意思で彫ってもらったわけではなかったが、榎田はすでにここに宿った黒龍を愛《いと》おしく思っていた。今はまだ眠っている黒龍が目覚めるのを、心待ちにしている。

芦澤が彫り師に刻ませた、芦澤の印――。

どんな形にせよ、榎田にとってこれは大事なものだ。

このところの疲れもあってか、しばらくぼんやりとしていた榎田だったが、いつまでもそうしているわけにはいかないと、顧客名簿をカウンターの引き出しにしまって二階に上がった。

作業場に入ると、佐倉がアイロンをかける手をとめて顔を上げる。

「進み具合はどう？」

「はい、まだここまでしかできてないんですが……」

佐倉が仕立てている榎田のスーツは、ようやく襟の部分に差しかかったところだ。

ずいぶんゆっくりしたペースだが、丁寧な仕事だった。佐倉は、先を急いで仕事をおろそかにすることはない。教えられること、経験すること一つ一つを、自分の糧にするためにじっくりと取り組む。

見た目や仕種《しぐさ》は実年齢より幼く見えるが、そういったところは実際よりずいぶんと大人だと感じた。

「ところでご親戚のほうはもういいんですか?」

「ああ、もう用事は済んだから大丈夫だよ。急に店を空けてしまってごめんね。お客様への応対も大変だっただろ? 僕じゃないとわからないこともあったのに、携帯も持って出なくて」

「いえ。榎田さんにしてはめずらしいことだから、本当に外せない用事なんだろうって、皆さんおっしゃってました。幸い急ぎの連絡が必要な方もいらっしゃらなかったですし……。ねぇ、大下さん」

「ええ。あなたの普段の姿勢が、お客様にはちゃんとわかっていたんでしょうな。ご迷惑をおかけしてしまったのは心苦しいでしょうが、あなたが信頼されている証拠です」

「ありがたいことです」

「雑用はぼくがしますから、遅れを取り戻すまでは作業に集中してください」

二人の気遣いに感謝し、榎田はそれに甘えることにした。

佐倉は今が一番伸びる時期で、本人も本当は雑用などではなく、針を握っていたいはずだ。それを我慢しろというのは酷なことだと思ったが、佐倉のほうから提案してもらい、正直助かった。

こういったところにも、佐倉の人柄のよさを感じる。

「ありがとう。僕の都合で、佐倉君にまで迷惑をかけてしまって」

「いえ、そんなこと……」

「ちょうど私のほうの作業が予定より早く進んでおりますので、佐倉君の指導も私が代わりましょう。それより、まだお疲れのようですから、あまり無理されないようにね」

榎田は二人に礼を言い、「作業が追いつくまではよろしく頼みます」と頭を下げた。快く頷《うなず》いてくれる二人に、心から感謝をする。

そして、作業に戻る前に佐倉を控え室に呼んだ。

引き出しにしまってあったのは、様子を見て渡そうと思っていた封筒だ。

「これ……」

佐倉はポカンとしたまま差し出されたものを見ていたが、二、三度瞬《まばた》きをしてから榎田に視線を移した。幼さの残る顔でそういう態度を取られると、可愛《かわい》く見える。

まるで、弟のようだ。

「アルバイト代程度だけど、もう二カ月近くここにいるんだし、いつまでもタダ働きはさせられないと思って」

「でも、頂くつもりはないって、最初からその約束のはずです。だからぼくだって強引にここで働かせてくれってお願いできたんだし、せめて一着くらい作ってから……」

佐倉は、戸惑《とまど》いながら必死で断ろうとした。

学ぶことに関しては貪欲《どんよく》だが、金銭的なことにはまったく欲を見せない。佐倉のようにスーツ作りにこれだけの愛情を注げる人間を見ると、榎田もいい刺激になる。

佐倉がここで働くことでプラスになることは、何も雑用などといったことばかりではなかった。

「佐倉君がいると助かることも多いし、やっぱりこれは渡しておきたいんだ。これは君ががんばったから、正当な報酬だよ」

「でもやっぱり……」

「ほら、それに今回、僕の都合で作業が追いつくまでいろいろと協力してもらわないといけないだろ? 佐倉君がいると、こういう時に本当に助かるなと思ってね。無理をお願いすることもあるだろうから、そういう意味でも、ちゃんとしておきたいんだ」

「あの……本当に、いいんですか?」

遠慮がちに聞く佐倉に、榎田はしっかりと頷いてもう一度封筒を差し出した。すると、頭をペコリと下げて、両手で封筒を受け取る。

「ありがとうございます。大事に使います」

「作業の遅れを取り戻せるまでは、また雑用とか多くなると思うけど、頼むね」

「――はい！」

封筒を嬉《うれ》しそうに握りしめる姿を見て、昔の自分を思い出した。

榎田が初めて父親から給料を渡された時も、こんな感じだった。すぐに使う気にはなれず、何を買おうか悩んだ。そして二週間悩んだ挙げ句、ハサミを新調することにした。

あの時は嬉しくて、最初に布にハサミを入れる時はドキドキした。

「じゃあ、仕事に戻ろうか」

「はい」

それから榎田は仕事に集中し、一時間ほどしてから来店予定の客のために、布地やボタンの準備を始めた。十五分ほどすると、恰幅《かっぷく》のいい五十代の男性が入ってくる。

「乃木《のぎ》様、いらっしゃいませ。お待ちしておりました」

「やぁ、久しぶりだね」

「このたびは本当に申し訳ありませんでした。ご自宅にお伺いする予定でしたのに、変更していただいたうえ、こうしてわざわざお越しいただきまして」

乃木は、芦澤に半ば監禁されていたため採寸に行くことができず、あらためて予約をもらった常連客だ。ここ二年ほどのつき合いで、贔屓《ひいき》にしてくれている。

「いや、いいんだよ。用事というのが、ちょうどこのあたりだったんでね、自宅に来てもらうよりかえって手間が省けたよ。実は予定を変更してもらおうと思っていたところでね」

氏は少しも気分を害した様子はなく、にこやかに笑ってみせた。

それを見て、軽く安堵《あんど》のため息をつく。

クレームがきてもおかしくはなかったというのに、電話を入れた時も少しも咎《とが》められたりはしなかった。店の信用を落とさずに済んだようで、それだけが救いだ。

しかも、榎田が少し疲れているとわかったのか、体調まで心配してくれた。

一つ一つの言葉が、心底ありがたい。

「フォーマルウェアとのことでしたので、生地はあらかじめこちらで見繕っておきました。このあたりの生地なら、どれを使用されても問題ありません」

「フォーマル用もこんなにあるのかね？」

「はい。どうぞ手に取ってご覧ください」

仕事がらパーティへの出席も多く、重なる時は二、三日続けて出席ということもあるため、もう一着タキシードを新調したいということだった。以前から夫人にせっつかれていたらしいのだが、なかなか腰を上げなかったため、このたび夫人が店に電話をしてきた。

面倒くさがりなところがあるらしく、行動するまでに時間がかかると夫人が零《こぼ》していたのを覚えている。

「これは……黒じゃあないね」

「はい。日本ではフォーマルは黒と思われている方が多いですが、人工的な光の下ですと、濃紺のほうが、より深みのある黒に見えるとも言われております。このくらい深い紺色でしたら、フォーマルには持ってこいかと」

「そうだったのか。知らなかったよ。今持っているのが黒だからなぁ。ああ、でもこちらの生地もいいね」

そう言って別の生地も手に取る。

接客をしていると、少し気が紛れた。わざわざスーツを仕立てるような人物は、皆、多かれ少なかれこだわりを持ちたいというタイプの人間だ。こうして榎田が教えることもあれば、時折教えられることもある。

客の立場からの意見が新たな発見を生むこともあり、それが刺激にもなっている。

「う～ん、やっぱりこの生地にしようかな」

氏は五分ほど悩んでから、結局濃紺の生地を選んだ。

どうやら、より深みのある黒に見えるというのが、氏の心を捉《とら》えたらしい。少し値の張る品だったが、見る者が見れば一流の中でもさらにランクが上だとわかる品である。

採寸に入る頃には、面倒くさがりの氏も上機嫌でタキシードの完成を心待ちにする台詞《せりふ》を口にしていた。

「こうなると、靴も新調したくなってきたよ。スーツが紺色の場合は、何か変えたほうがいいのかね？」

「いえ。特に変える必要はございません。エナメルの靴を選んでいただければ」

上着丈や背幅、肩幅など、手早く正確に測っていく榎田に合わせて、氏は手を上げたり背筋を正したり、上手いこと動いてくれる。

慣れた者でないと、こうはいかない。

「ところで、タキシードの時はどうしてエナメルの靴と決まっているんだろうね。正装をするなら、革靴のほうがいいような気がするんだが」

「はい、ご婦人のドレスや靴に靴墨をつけないためだと言われてます。日本ではダンスを踊ることがほとんどないのであまり関係ないのですが、もともとタキシードは社交界から生まれたものですので、そういった配慮がされているようです」

「ああ、なるほど。紳士の嗜《たしな》みというやつか。しかし、君と話していると、いろいろ聞けて楽しいよ。さっそく妻にも教えてやろう。君からの受け売りというのは、内緒でな」

跪《ひざまず》いて股下《またした》を測りながら、榎田はクスクスと笑った。

「はい。では奥様には秘密にしておきます」

採寸を終えると、いつものように上着を返して店の外まで見送りに出た。深くお辞儀《じぎ》をし、氏が乗り込んだタクシーが見えなくなると、すぐには店に戻らず、ぼんやりと立ち尽くす。

榎田は、先ほどの氏の笑顔や氏との会話を思い出していた。

客とのやり取りや納品した時にかけてもらう言葉が嬉しくて、芦澤と出会う前はこれだけで十分だった。スーツを仕立て、それを提供していく毎日が最大の宝だった。

もし、芦澤と別れるようなことがあったら、この生活に戻るだけだ。

自分に似合わない世界と縁を切るだけのことで、何も死んだり店を失ったりするわけではない。

大事なものは、ちゃんと手元に残る。

（そうだ、元通りになるだけだ。芦澤さんと出会う前に、戻るだけ……）

まるで、最悪のことが起きる前に心の準備を整えておくように、榎田は無意識に自分にそう言い聞かせていた。

だが、人は幸せに対して貪欲になるものだ。

一度知った幸せの味を忘れることなど、そう簡単にできない。

榎田は刺青の彫ってある自分の太腿《ふともも》に視線を落とし、小さなため息をついてから店の中へと戻っていった。


チン、と下の階で来客を知らせるベルが鳴った。

佐倉が素早く立ち上がり、一階へと向かうのをチラリと見て、また視線を手元に戻す。

ここ最近は接客もさせるようになり、遅れていた作業は五日で取り戻すことができた。芦澤のスーツを手がける一方で、諏訪のスーツも仮縫いの段階まで進んでいる。補正を済ませれば、すぐに次の作業へ移る予定だ。

「諏訪様がお見えです」

「すぐ行くよ」

榎田は作業をやめ、急いで下に降りていった。諏訪とは、彫り師のところで会って以来だ。

「やぁ」

諏訪は以前、榎田がロロピアーナ社の生地で仕立てたスーツを着ており、その立ち姿に一瞬見《み》惚《と》れてしまった。合わせたシャツとネクタイのバランスが抜群で、このまま雑誌に載ってもいいくらいだ。

男だが、本当に綺麗《きれい》な人なのだと改めて思わされる。

「いらっしゃいませ。あの……先日は僕のせいで……。怪我《けが》のほうは大丈夫ですか？」

そう聞くと、諏訪は「たいしたことはない」と微笑を浮かべた。

相変わらず作り笑顔の上手い男だが、自分に心配する必要はないと伝えるためにやっているのかと思うと、ますます申し訳なくなってくる。

唇の傷はほぼ治ってはいるようだが、よく見ると少し痕《あと》が残っており、激怒した芦澤が諏訪の髪の毛を摑《つか》んでテーブルに押さえ込んだ時のことが蘇《よみがえ》ってくる。

「それより、ちょっと出られないかな?」

「はい、構いませんけど、仮縫いが終わったのでお電話をしようと思っていたところです。先に済ませておきますか?」

「いや、今日はやめておくよ。そんなに時間もないんで、とりあえず話したいことがあるので、そっちを先に」

「わかりました」

榎田は作業場に声をかけると、諏訪とともに近くの喫茶店に向かった。

いつもならわざわざ外に出たりはしないが、外に誘うということは、佐倉について何か話そうとしているということだろう。

まだ考えがまとまらないが、このままにしておくわけにもいかない。

席につくと、二人はウェイトレスに紅茶を注文する。

「一応元気そうだけど……ちょっと無理してる?」

「いえ」

「そうかな?」

店内に流れているフリージャズが、周りから聞こえる会話を上手く中和し、落ち着いた空間を演出していた。時折、食器がカチャカチャと鳴る音がしているが、それもこの光景にはなじみすぎていて、ＢＧＭの一部だと言われても納得してしまう。

「それより、本当にすみませんでした。僕のせいで……」

「それはこっちの台詞ですよ。やっぱり隠し通すべきだったのかな。榎田さんこそ、ひどい目に遭ったんじゃないですか？」

「いえ、僕は……」

「でも、あそこにいたってことは、刺青を入れられたってことですよね？」

榎田は諏訪と目を合わせると、無言で頷いた。

榎田の刺青は、あれからかさぶたがポロポロと自然に取れていき、龍は息を吹き返したかのように色鮮やかに浮かび上がった。表面が少し突っ張る感じが残っていたものの、それもすぐに治まり、今は艶《つや》やかな鱗《うろこ》に覆われた美しい肢体をうねらせている。

だが、これを彫らせた本人は、あれ以来、榎田の前に姿を現していない。

「刺青まで入れるなんて……本当に、あなたを道連れにする気なんでしょうね。芦澤さんは」

本当にそうだろうか。

声には出さなかったが、榎田はまだそんな思いを抱えていた。会えない時間が不安をいっそう煽《あお》り、余計なことを考えてしまう。

「でも、満たされた顔をしてないですね。やっぱり佐倉さんのことが気になります？　わたしは、クビにしろって言う芦澤さんの気持ちはわからなくはないけどな」

「そのことは、やっぱり譲れません。簡単にクビにするなんて、僕には……」

「まぁ、そこがあなたのいいところなんでしょうが」

諏訪は笑顔を見せたが、榎田は笑うことができなかった。

(どうして、芦澤さんはいつまでも佐倉君を疑ってるんだろう……)

それは、榎田には理解できないことだった。これだけ一緒に仕事をしていても、まったく変なところは感じない。木崎が調べても、何かおかしいと思える具体的なものが見つからない。

勘だけで佐倉を疑い続けるには、無理があるように思えた。

榎田が暗い顔をしているからか、諏訪が少しフザけた口調で言う。

「恋人なんだから、電話くらいして愛を確かめ合ったらどうです？　すれ違いって会話を交わすことで、解決できるものですよ」

確かに、もっともな意見だった。たった一本の電話と少しの会話が、今の状況から一歩前進させるかもしれない。

しかし、榎田は無言で首を横に振った。

自分が望まない結果に近づくかもしれないと思うと、勇気が萎《な》えるのだ。このままじゃいけないと痛いほどわかっているが、今のように気持ちの整理ができない状態で芦澤と言葉を交わせばもっとこじれそうで、怖い。

そして、もうすでに芦澤が答えを見つけていたとしたら——。

そう思うと、どうしても芦澤の携帯を鳴らすことができないのだ。

こんなことをしても、ただ見たくない結果を見るのを先延ばしにしているようなもので、意味がないとわかっているが、頭で理解できているからといって、即行動に移せるほど人間は強くもない。

「ところで諏訪さん。芦澤さんは、今大変なんでしょう?」

「ええ、組長の自宅に銃弾が撃ち込まれたんです。幸い死人は出なかったとはいえ、組はかなり緊迫した状況です。芦澤さんの立場からすると、今は組を離れることはできません。何も、好きで榎田さんをほったらかしにしているわけではないんですよ」

「ええ。それはわかってます」

「警察も、まだ詳しい情報は摑んでないようですね。御手洗組の仕業ではないようですし」

会話が途切れ、なんともいえない時間が過ぎる。

ウェイトレスが紅茶を運んでくると、無言で手に取った。香りがほとんどせず、あまり美味《おい》しくもなかったが、間をもたせるためには十分だ。

「ねぇ、榎田さん」

「はい」

「極道なんか恋人にするんじゃなかった? 抗争とか物騒な言葉とは縁のない人生でいたかったです?」

「いえ……」

即答した自分に、少し驚いていた。

芦澤に出会う前は、平和な日々が愛おしくて、父が残してくれたこの店があればよかった。平凡な毎日が続いても、ささやかな幸せがあれば十分だった。

いずれ結婚して家庭を持って店をやっていくのか、このまま独り身でスーツを作り続けるかはわからなかったが、どちらにしろ、物騒な言葉とは無縁の人生を送っていただろう。それが、自分に合っていると思っていた。わざわざ刺激を求めるような性格でもない。

だが今は違う。

ここ数日、芦澤を失っても元の生活に戻るだけだと自分に言い聞かせてきたが、そう思おうとするほど、自分にとって何よりもつらいことだと、思い知らされるだけだった。

このまま芦澤の恋人でいると、平凡な日々とは無縁になるかもしれないし、普通の人生ではなくなるかもしれない。

だが、それでもいい。

平和を手放しても、失いたくない人。それが芦澤だ。自分の中に、これほど激しい気持ちがあったのかと驚くほどに、芦澤を欲している。

激しい嫉妬《しっと》や、誰《だれ》かを想うあまり余計な意地を張ってしまう気持ち。誰かを想いながら、独り寝の夜を過ごす狂おしいほどの恋しさ。

芦澤と出会う前には、榎田の人生になかったものだ。

自分の心をここまで変えた恋人が、憎らしくもある。

「本当はね、芦澤さんも危険なんですよ。組長を狙《ねら》った人物が誰なのか、まったく摑めてないんです。これは口止めされてることなんですが……」

言いかけて、諏訪は少し迷った素振りを見せると、ティーカップを手に取った。ひと口だけ飲んでから、カップに視線を落としたままポツリと続ける。

「木崎さん、あなたのボディガードについてますよ」

「え……」

榎田は思わず周りを見渡した。通りに面した窓は広く取られてあり、十分外は見えるが、それらしき姿はなかった。店の中を見渡しても、同じだった。

榎田の様子を見て、諏訪がクスリと笑う。

「探しても見つかりませんよ。あのサイボーグみたいな人が、あなたのような素人に見つかるような隠れ方はしません」

「そ、そうですね」

「大事にされてるんですよ、あなたは。佐倉さんって人が恵子さんに似てるから、動揺はしてるかもしれない。でも、一番大事に想っているのは、あなたです」

「……諏訪さん」

「電話、したらどうです？」

「でも……」

「あなたの性格を考えると、自分に自信が持てないのはわかります。いろいろ考えてしまうのもね。でも、本当に大事にされてるんですよ？　今の時期、自分の右腕でボディガードでもある人間を自分の側《そば》から離すってことが、どういうことかわかりますか？」

最後のほうは少し強い口調で言われ、榎田はハッとなって諏訪の顔を見た。まっすぐに自分を見据える諏訪は、少し怒っているようにも見える。

こんな諏訪を見るのは、初めてだ。

「あなたは何もわかってない。ここまで愛されても、自分に自信が持てないなんて……前から自己評価の低い方だと思っていましたけど、度が過ぎると、かえって嫌みですよ」

手厳しい意見に、驚かされた。

いつも微笑を浮かべている諏訪は、榎田の味方だった。諭したり意見を言うことはあっても、強く非難したりしたことはなかった。

「日本人は謙遜《けんそん》を美徳だと思う傾向にありますけど、わたしはあまり好きではありません。榎田さんは本気でそう思ってるのかもしれませんが、本心かどうかなんて関係ない。たとえ嘘偽りがなくとも、それはあなたの心が純粋だと証明しているだけで、わたしのような根性が腐ってる人間からすると不愉快なだけだ」

「あの……っ」

「ぼやぼやしてると、わたしが芦澤さんをもらいますよ。私は過去の女に似た人なんて、気にするようなタマじゃないし、欲しい時は全力で取りに行く」

心臓が大きく跳ね、榎田はティーカップに口をつける諏訪を凝視した。

(もしかして、諏訪さんは本当は、芦澤さんのこと……)

それが本当なら、青天の霹靂《へきれき》だった。

こんな美しい男がライバルになるなんて、そんなのは困る。諏訪は、芦澤と何度も躰《からだ》を重ねてきた男だ。自分よりも芦澤のことをよく知っている。

佐倉という存在だけでも混乱しているというのに、この上、諏訪にまで目の前に立ちはだかられては、どうしていいかわからない。

本気なのか……、と縋《すが》るような目で見てしまうのを、どうすることもできない。

思いつめた表情のまま次の言葉を待っていた榎田だったが、諏訪の肩が小さく揺れ始めた。

「諏訪、さん……?」

「あ、すみません。ちょっと悪戯《いたずら》が過ぎましたね」

そう言いながらクスクスと笑うと、諏訪はカップをソーサーに戻した。

いつもの表情だ。

「そんな顔をするくらいなら、痴話喧嘩《ちわげんか》なんてさっさと終わらせて、仲直りすればいいのに。それほど好きなら、なんだってできるはずだ」

口許《くちもと》に微笑を浮かべたやり手の弁護士は、思慮深い眼差《まなざ》しを返してくる。

「お、脅かさないでください」

「でも、自分の正直な気持ちがわかったんじゃないですか?」

「それは……」

「今の気持ち、忘れないでください。誰にも取られたくないんでしょ? だったら自信がないなんて言ってないで、しっかり芦澤さんを摑んでおくことです」

頑《かたく》なだった心が、諏訪の言葉によって溶けていくのがわかった。

自信のなさから恋人を信じられずにいた自分を、心底愚かしいと思った。危うく、一番大事なことを見失うところだった。

「芦澤さんもあなたも、本当に困った人だ。こんなに想い合ってるのに、しないでいいすれ違いでお互いを傷つけ合ってるんですから」

榎田は紅茶代をテーブルに置き、すぐさま立ち上がった。

一秒でも早く、芦澤に連絡をしたい。

「あの……っ、僕はこれで……」

「芦澤さんによろしく」

返事もそこそこに喫茶店を出て、店に向かった。飛び込むようにして店に入ると、階段を駆け上がって作業場に置いていた携帯を摑む。

あまりの勢いに、大下と佐倉が驚いた顔をしているが、そんなことを気にしている余裕はない。

「お、お帰りなさい。早かったですね」

「うん。ごめん、急用なんだ……。大下さん、もう少し席を外しますので、ここお願いします」

「はい、どうぞどうぞ」

榎田は、自宅に戻って滅多に使わない短縮番号を押した。自分の心臓が跳ねているのを実感しながら、祈るように電話に出てくれるのを待つ。

一秒が何倍にも感じられ、もしかして自分からだとわかって出てくれないつもりかもしれないという不安が脳裏をよぎった。こんなことなら、もっと早く行動に移すべきだったと……。

しかしコール音は途切れ、自分に何度も熱い言葉を囁《ささや》いた恋人の声が聞こえてくる。

『俺だ』

それを聞いただけで、熱いものが込み上げてきて胸がいっぱいになった。

電話の向こうでは数人が会話をしているようだったが、芦澤は部屋を移動したらしく、ドアの開閉音がすると、すぐにシンとなる。

ソファーに座ったのだろう。それが軋《きし》む音が微《かす》かにした。

『どうした?』

耳許で聞こえるのは、紛れもなく芦澤の声だ。

息があがって、どうしようもない。

今、組は緊迫した状況なのだろう。幹部が集まって、大事な話し合いをしていたのかもしれなかった。だが、芦澤はそんな素振りは見せず、普段と変わらない態度で榎田に言う。

『どうした？　黙ってちゃあ、わからんだろうが』

「……、……こ、声が……聞きたくて……」

榎田は、今まで言ったことのなかった台詞を口にしていた。

本当は先に謝るべきだったのかもしれない。自分はまだ愛人なのかと詰め寄ったことを謝罪し、その理由をちゃんと説明すべきだったのかもしれない。

あんなことを言っておきながら、突然かけた電話の第一声がこれだ。声が聞きたいなんて言われても、白けさせてしまうだけなのかもしれないと思った。

だが、頭ではわかっていても、これまでの自分の気持ちを上手く説明するどころか、また同じことを繰り返してしまう。

「芦澤さんの、声が……すごく、聞きたくて……っ、だから……。……あの……」

すぐに返事はなく、電話の向こうで芦澤がどんな顔をしているのかと想像して、胸が痛くなった。やはり、先に言うべきことを言わなければ。

そう思い、話を切り出そうとした時だった。

『可愛いことを言うんだな』

「！」

『じゃあたっぷり聞かせてやる。聞きたいなら、好きなだけ聞け。なんなら、いやらしいことを言ってやるぞ？』

芦澤の言葉に緊張の糸が切れ、榎田はそこに座り込みそうになった。恋人を信じきれずにひどいことを言ったのに、芦澤はそのことを責めようはしない。

「ごめんなさい……っ」

涙声になっているのが、自分でもわかった。情けない声だ。

「僕は、まだあなたの愛人なんですかなんて……あんな馬鹿なことを言って……っ、すみませんでした。僕は……自信が、なかったんです。佐倉君が……恵子さんに似ているって聞いて、それで……っ」

今さらどんなに言葉を重ねようが、ただの言いわけにしかならないのはわかっていた。言ってしまった言葉は、もう取り戻すことができない。

恋人に向かって嫌なことを言った事実は、決して消えないのだ。

しかし、許してもらえるなら、許して欲しい。

『なんだ。今頃謝りやがって』

「すみません。芦澤さんの気持ちも知らないで……。今、芦澤さんだって危険なのに、僕のために木崎さんを……」

『なんだ、知ってたのか。そんなことはいい。お前が頑固なのは知ってる』

「でも……っ」

『じゃあ、今すぐあの佐倉ってのをクビにするか？』

「……っ」

榎田は、言葉を返すことができなかった。

この期に及んで、それは譲れないと本心が主張している。

『できないんだろうが。だから、俺も手を焼いてる。可愛い顔して、すぐに突っかかってくるからな。俺が借金の返済を求めに行った時もそうだ。まぁ、お前が俺の言うことをなんでも聞く腑《ふ》抜《ぬ》けなら、ここまで惚《ほ》れなかったがな』

半ば諦《あきら》めたような言い方に、芦澤が自分を抑えてくれていることを知った。

何人もの舎弟を従えた怖いもの知らずの極道が、ただのテーラーである榎田を大事にしてくれるのだ。

それだけで十分ではないか。

『しかし、木崎をお前につけてるのは内緒だったんだが……。また、あの悪徳弁護士がチクりやがったのか』

ぽつりと零された台詞には、人間らしい感情が込められていて、それだけで安心した。

『お前があの男をクビにしないなら、仕方がない。木崎には、お前を守るよう言ってある。もし、俺のいない間に何かあったら、あいつがお前を守る』

「佐倉君は、そんな人じゃないと……思います」

『ただの勘だけじゃあ、納得できないか？』

「だって……本当に、そんな……」

『この話は続けないほうがいい。どうせ平行線だからな。せっかくお前が可愛いことを言ってくれたんだ。水を差すようなことをしたくない』

榎田は黙りこくった。

確かにそうだ。ここでいくら自分の意見を言い合っても、この件に関しては、相容《あいい》れないものがある。芦澤の言うことには納得できないし、言う通りにするつもりもない。

それでも自分がいいと言ってくれる。

申し訳なくて、そして芦澤の気持ちが嬉しくて、目頭が熱くなった。

『ところでどうだ？　俺の声は……』

「え……」

『俺はもう勃《た》ってるぞ』

「……っ」

『泣きべそをかきながら声が聞きたかったなんて言われたら、勃つに決まってるだろうが』

意味深な含み笑いを耳許で聞かされ、目許がカッと熱くなる。

こんな時にまで、余裕を見せる恋人が恨めしいが、それがまた芦澤らしくて、自分が愛した相手はこういう男なのだと再認識させられた。

『お前は勃ってないのか？　握ってみろ』

「で、できません」

せっかく芦澤の気持ちに感動していたというのに、これでは台無しだ。

榎田は、鼻を啜《すす》りながら拗《す》ねるように言う。

「まだ仕事が残ってるんです」

『いいから握ってみろ』

外はまだ日が高いというのに、電話でこんな会話を交わしていることが、恥ずかしかった。しかも、作業場には大下や佐倉がいる。仕事も途中で放り出してきているのだ。それなのに、いくら恋人に求められたからと言って、できるはずがない。

『電話でするのは、初めてだな』

「ま、待ってください」

まだ「する」と言っていないのに、芦澤はもうそのつもりらしく、ベルトを緩め、スラックスをはだけさせる音が聞こえてくる。それを聞いただけで、榎田の心臓は激しく騒いだ。

「僕は、しませんから」

『俺はするぞ。お前を想像しながらする。今、服を脱がせたぞ』

平然と言ってのける芦澤に、絶句する。

忘れていた。

芦澤は榎田を抱いている最中でも、木崎から時間だと連絡が入れば余裕で携帯を取り、「あと五分だ」なんて言ってのける男なのだ。

芦澤が携帯を耳に当てながら、悠々とした態度で自分を扱《しご》いている姿が目に浮かぶ。

『ほら、早くお前も握れ』

「でも、作業場には、まだ大下さんたちが……」

『俺だって、こんな時に自分の恋人とテレフォンセックスをしてるなんて知られたら、なんて緊張感のない奴だって、おじきにどやされる。下の奴らだって、もうこんな男にはついていかないと幻滅するかもな』

笑いながら放たれた台詞に、榎田は心の中で反論した。

それは違う。

芦澤は、そんなことで舎弟たちに幻滅されるような男ではない。

『今、下着を脱がせたぞ』

「……やめてください」

『ほら、早くしろ。お前が、どんなふうにオナニーをするのか聞かせるんだ』

芦澤の声に、微かに欲情した雄の息使いが混じっていた。それを聞かされると、心がとろけたようになる。自分も浅ましい獣なんだと思い知らされ、高ぶる気持ちを抑えることができず、寝室に移動すると部屋のカーテンを閉めた。

榎田が今何をしたのか、電話を通して聞こえたようで、芦澤がいやらしく言う。

『ようやくその気になってくれたか？』

「だって……」

『スラックスを膝《ひざ》まで下ろせ。下着もだ。俺の頭の中でお前がやってることを、お前もやれ』

大下か佐倉が呼びに来るかもしれないと思いながらも、座り込み、言う通りにした。

『下ろしたか？』

「……はい」

『じゃあ、先端をいじってみろ。俺の指だと思って、自分でするんだ』

言われた通り、榎田は自分の先端を指でいじった。先走りが溢《あふ》れ、芦澤によくされるようにそれを塗り込め、ゆっくりと擦《こす》る。

「……はぁ……、……芦澤、さん。……早く、……会いたいです」

『俺もだ。お前に会ったら、したいことが山ほどある』

「なんでも……なんでも、してください」

『嬉しいことを言ってくれるじゃないか』

耳許で聞こえる恋人の囁きに、榎田は抑えきれない劣情が湧《わ》き上がるのを感じた。

すぐそこに、芦澤の唇を感じる。

『刺青はどうなってる？　色はちゃんと定着したか？』

「はい……、すごく、綺麗に……浮かんでます」

『俺の印だ。忘れるな』

「はい」

太腿の内側に彫られた刺青を見ながら、榎田は愉悦の中でぼんやりと思った。

これは、芦澤が榎田を己のものだという証《あかし》として彫らせたものだ。

一生消えない、刻印。

ようやく芦澤の気持ちを信じることができ、この刺青に込められた恋人の思いにますます感情は高ぶっていく。

「はぁ……、……芦澤さん……」

『どうした？　気持ちいいのか？』

「……会いたい、です」

榎田は、何度も同じ言葉を繰り返していた。頭の中を恋人のことでいっぱいにし、電話の向こうにいる芦澤の存在に集中する。

『そんな声で言われると、興奮する』

自分の声に芦澤が欲情しているのかと思うと、それだけで満たされた。

どんなに恥ずかしくてもいい。はしたないことも、口にできる。自分が男であることを忘れてしまうほど、芦澤が好きだ。

榎田は次々と溢れる自分の感情に溺《おぼ》れ、最後には普段なら考えられないようなことを口走りながら、芦澤とともに白濁を放った。


「じゃあな。今度会う時は、覚悟しておけよ」

含みを持たせた言い方をすると、芦澤は携帯を畳み、手早く後始末をしてタバコに火をつけた。もう少し声を聞いていたかったが、榎田は仕事に戻らなければと言って、逃げるように電話を切ったのである。今頃、自己嫌悪に陥っているかもしれない。

芦澤は紫煙を燻《くゆ》らせながら、あの純情な男が電話の向こうで自分のことを考えながら自慰に耽《ふけ》る姿をもう一度想像した。そして、ふと口許を緩める。

極道ともあろう者が、こんな時に恋人とテレフォンセックスをして、その余韻に浸っているなんてどうかしている。腑抜けた野郎だと罵《ののし》られても、文句は言えない。

だが、そんなことは気にならなかった。

脚が震えているというのに、自分が守りたいもののためなら突っかかってくるあの恋人と出会わなければ、味気のない人生を送っていただろう。大事な女を失い、ただ息をするためだけに生きていたような頃と今とでは、何をするにでも意味が違ってくる。

あの悪徳弁護士がまた告げ口をしたようだが、今回ばかりは許してやろうという気になった。

（俺も甘いな……）

タバコを半分ほど灰にしたところで、再び携帯が鳴る。

液晶に表示された名前を見た芦澤の目が鋭くなったかと思うと、次の瞬間、先ほど口許に浮かべた笑みはあとかたもなく消え去っていた。

「どうした？」

電話は、若い舎弟からだ。

あれから芦澤は、別の舎弟に佐倉のことをもう一度調べさせていた。木崎を使わなかったのは、すぐに呼び戻せるところに置いておきたかったからだ。

まだ組で重要なポストについていない若い舎弟なら、腰を据えて調べることもできる。

「何か出てきたか？」

『いえ、やはり何も……。テーラーの専門学校に佐倉優がいた事実はちゃんと書類に残ってますし、大学の名簿にもちゃんとありました。言われた通り、もっと遡《さかのぼ》って、中学にも行ってきました』

「それでも駄目か」

『はい。具体的に佐倉優を疑うものは見つかりません』

若い舎弟は、これまで調べてわかったことをすべて報告した。その内容はしっかりとしたもので、特に問題はないようだった。

(俺の勘違いか……)

いったんはそんなふうに思ったが、やはりどうしても引っかかる。

これまで幾度となく勘というやつに助けられてきたため、無視する気にはなれない。

『もう一度、地元に行ってみようと思います。それで……、……――』

「なんだ?」

言葉を濁す舎弟に「言ってみろ」と促すと、根拠のないことだと前置きをしてから、話を続けた。

『ずっと調べてて感じたんですが、なんとなく実体のない人間を追ってるような、変な感じがして』

「実体がない? どういうことだ」

『確かに、名簿には載ってるし、部屋に忍び込んでパスポートも確認したんですが……』

舎弟が言うには、佐倉優は昔から影が薄い存在で、友人や親しくしていた人間というのがいない。それが実体のない人間を追っているという妙な感覚を抱かせているのだろうが、そのことが芦澤の勘の裏づけに思えてならなかった。

「両親は？」

『父親が生きてるらしいんですが、五年ほど前から行方不明です』

「じゃあ、すぐに父親を探せ」

『はい。わかりました』

電話を切り、吸いかけのタバコをあとひと口だけ味わってから、灰皿でもみ消す。

もう二度と、大事な者を失うわけにはいかない。

芦澤はそう誓い、部屋を出ていった。


芦澤と電話で話をしてから、一日が過ぎた。

会えないもどかしさはあったが、心は安定しており、このところずっと気分が曇っていたのが嘘のようだ。佐倉を見ても、余計なことを考えるようなことはない。

二階の作業場で仕事をしていた榎田は、壁の時計を見て思わず声をあげた。

「わ、もうこんな時間だ」

夕食を摂《と》ったあと、少しだけ手をつけようと思って作業台に向かったが、いつの間にか集中してしまい、気がつけば三時間だ。作業の遅れはすでに取り戻したというのに、我ながら仕事以外にやることはないのかと、呆《あき》れてしまう。

（ま、いっか……）

榎田は縫いかけのスーツをマネキンにかけ、道具をしまってから休憩室の火元を確認した。電気を消して自宅のほうに戻ろうとすると、店の電話が鳴った。

こんな時間に……、と少し訝《いぶか》しく思いながらも受話器を取ると、木崎の声が聞こえてくる。

『わたくしです』

「あ、こんばんは」

『今から伺います。自宅のほうに回りますので、そちらで待っていてください。佐倉優が来ても、ドアを開けないように』

「え？　あの……っ」

明らかに、ただごとではなかった。

言われた通り自宅で待っていると、一分も経たないうちに木崎がやってきて裏口から中に入ってきた。表情は硬く、あたりを警戒しているのがわかる。

「何かあったんですか？」

嫌な予感がした。

そんなはずはないと思うが、佐倉絡みということは、先ほどの電話からも間違いない。

「佐倉優の身元が判明しました」

「身元って……」

「あなたに出した履歴書は、嘘です。正確に言うと、一部は本当ですが」

「どういう、ことです?」

榎田は、ゴクリと唾《つば》を呑《の》んだ。

真剣な目で作業台に向かう佐倉の顔が、脳裏に浮かんだ。自分のアドバイスに何度も頷いてみせる仕種や、嬉しそうに給料の入った袋を握りしめる表情。

弟のような存在だった。

「入れ替わっていたんですよ。大学に入ってすぐ、本物の佐倉優から戸籍を買って本人になりすましていたんです。佐倉優は、偽物です。本物は父親と一緒に大阪にいます」

「言ってる意味が……よくわからないんですが」

「ゆっくりと説明する暇はありません。とにかく、ここから離れないと。あなたを守るよう、芦澤に言われてます」

行きましょう……、と促した木崎だったが、ふと足をとめた。

「わたくしが怖いですか?」

榎田を振り返り、そんな質問をする。

なぜ木崎がそんなことを聞くのか、すぐにピンときた。

この状況は、似ていた。妹の復讐をしようとした木崎が、芦澤が逮捕されるよう裏で手を回し、勾留されている隙《すき》に榎田を拉致《らち》した時に酷似しているのだ。あの時も、榎田のところにこうして一人でやってきた。囮《おとり》として連れ去られて、危険な目にも遭った。

だがもし、また木崎が芦澤を裏切ろうとしているのなら、こんな手の込んだことはしないはずだ。

お前には、俺を殺す権利がある——芦澤はそう言い、木崎が裏切り者だったということを組に隠して、何事もなかったかのように再び側近として置いたのだ。殺したくなったら、いつでも殺していいとも言った。

常識的に考えて、そう簡単にできることではない。

木崎を信じられる。

それは、芦澤という男に対する信頼でもあった。今、木崎に自分の身の安全を任せるのは、芦澤に自分を任せるのと同じことだ。

「いえ、木崎さん。怖くはないです」

「では急ぎましょう。芦澤もすぐに来ると言ってます」

榎田は木崎が用意した車の後部座席に乗った。いつものベンツではなく、どんな場所にも溶け込みそうなごく普通の国産車だ。

車で運ばれている間、榎田はことの真相を聞かされた。

榎田が雇った佐倉優は、もとは芦澤の組の縄張りを荒らしていた中国人窃盗団の一人だった。外国人犯罪が増えつつある昨今、警察だけでなく、ヤクザも外国人犯罪者に手を焼いている。

極道はある程度ルールに従うが、奴らは違う。

なんのしがらみに囚《とら》われることもなく、落とし前なんて言葉とも無縁でやりたい放題だ。外国人犯罪者は相手がヤクザでも関係ない。不法に滞在している人間は、書類上は日本に存在していないため、足がつきにくい一面もある。

その強みが、奴らをより凶悪な犯行に走らせているのは、言うまでもない。

次第に大きくなっていく佐倉の組織は、窃盗から売春を行う闇《やみ》組織へと変貌《へんぼう》していき、時折麻薬を使って女を働かせていた。携帯を使い、マンスリーマンションを事務所にして転々と場所を変え、その実体を隠して資金をためてきた。

芦澤の組の縄張りでも我が物顔で商売を始めたため、芦澤と木崎が組織をつぶし、排除したというのである。

「でも、パスポートは本物だったんですよね……」

「はい。ですが、最近作ったものですから入れ替わったあとになります。偽造ではなく、正式な手続きを経て発行されたものです。本物の佐倉優は高校には行ってなかったので、あの男は自分の組織がつぶれたあと、大学検定を受けて本物の佐倉優と入れ替わったんです。中学の時は不登校で卒業アルバムにはまともな写真が残っていませんでした。戸籍を売る人間というのは、案外いるもので、専門に扱う裏の組織があるのも事実です。なるべく人間が入れ替わったことがわからないよう、世間と接触が少ない人間を選びます。そういう人間に目をつけて、わざと借金を背負わせることも」

「でも、どうしてそこまで……」

「組織が壊滅して、日本人として生きるつもりだったのかもしれないですが、たぶん、いずれ我々に復讐をしようと思っていたのは確かです。顔は、整形をしてます。あなたと芦澤が出会って、わたくしがあの事件を起こしたあとです。わたくしと芦澤の因縁も知っているようですので、それを利用しようとしているのかもしれません」

「整形……」

凄《すさ》まじい執着だった。

そこまでする必要があるのかと思ったが、それほど憎しみが強いということなのだろう。自分が知っている佐倉を思うと信じられなかったが、これは事実だ。

どれだけ自分が佐倉と一緒の時間を過ごしても、芦澤の勘には及ばなかった。

「すみません。僕は……考えが甘かったです。すぐに騙《だま》されて……つけ入る隙を……」

「芦澤本人は、それでもあなたがいいと言ってるんです。謝ることはありません」

その言葉が胸を締めつけた。

それでもいいと、芦澤が言っている。

自分はなんて小さな人間だったんだろうと、これまでの自分をあらためて反省した。どうしてもっと芦澤の言うことを、信頼しなかったのだろうと……。くだらない嫉妬心で、芦澤を危険な状況に追い込んでいる。

それから、どれくらい走っただろうか。

キィイイ……ッ、と急ブレーキの音とともに車は急停止し、サイドエアバッグが開いた。

「ぅわ……っ」

いきなりのことに混乱していると、外からドアを開けられる。停車したのは、美術館のすぐ横だった。入口のところには幻想絵画で有名なパウル・クレーのポスターが貼《は》られてあり、それが非常灯の光に照らされて浮かび上がっている。

隣にはコンサートホールがあるが、広い敷地内は時間外のため、そちらも静かなものだ。

時間が時間なだけに人気もなく、不気味なほど静まり返っている。

「奴です。タイヤをやられました。わたくしの側を離れないでください」

車の外に出ると、木崎が自分の後ろに榎田を隠すようにして立ち、スーツの中に手を入れた。

中から取り出したのは、鈍く光る黒い鉄の塊だ。

場合によっては、佐倉を殺すつもりだ。

「それは……っ」

「殺《や》らなければ、こちらが殺られます」

榎田が何を言おうとしたのかわかったようで、言葉にする前に遮られる。

木崎は、どこに潜んでいるかわからない佐倉を警戒しながら、榎田を誘導した。怖くて、心臓が口から飛び出しそうなほど大きく跳ねている。

歩道や敷地内にある植え込みを見ていると、そのどれにも佐倉が潜んでいるように感じた。

「木崎さん……っ」

五メートルほどの位置にある植え込みから人影が飛び出したかと思うと、乾いた発砲音があたりに響いた。木崎は、身を屈《かが》める榎田を庇《かば》うように立ったまま、逃げる影に向かって銃を一発撃ち込んだ。

「——っ！」

どさっと音がし、人影らしきものが茂みの中に倒れ込む。

再び静けさが舞い降り、あたりは平和な夜の仮面を被《かぶ》った。

「ここで、待っていてください」

木崎は銃を構えたまま慎重に近づいていき、佐倉が飛び込んだ茂みに向かって銃口を向ける。

「出てこい」

冷たく言う木崎の言葉に応《こた》えるように、茂みがガサリと音を立てた。両手を上げた状態で佐倉が立ち上がると、木崎はそちらに狙いを定める。

しかし――。

「兄さん……、やめて」

「――っ！」

一瞬の出来事だった。

佐倉は自分の背中に隠し持っていた拳銃を抜き取ると、それを木崎に向けた。プシュッ、と間の抜けた音とともに木崎が崩れ落ち、榎田は何をされたのかわからず立ち尽くす。

「……っ、き、木崎さん！」

我に返ると、肩を押さえて蹲《うずくま》る木崎に駆け寄った。しかし、髪の毛を摑まれて無理やり引き剝《は》がされる。

「あんたはこっちだ」

痛みに顔をしかめながら佐倉を見て、息を呑んだ。

（え……）

佐倉は、女の恰好《かっこう》をしていた。

髪はいつものように一つに結んでいるだけで化粧も薄いが、口紅を引いただけでこんなにも違って見えるのかと、驚きを隠せなかった。もともと女性的ではあったが、細身で背もそう高くないせいか男には見えない。

「……佐倉、君？　どうして」

「どうしてって、知ってるんだろ?」

肩から血を流しながらうめく木崎に、佐倉の冷たい視線が注がれる。勝ち誇ったように笑い、再び榎田と目を合わせた。

「あんたに恨みはない。世話になったしな。俺がなんのためにあんたの下で働いてるのか気づきもしないで、金までくれた。あんた、俺が出会った中で一番優しい日本人だったよ」

「……お……い、待て……っ」

木崎が榎田を守ろうと、肩で息をしながら立ち上がろうとするが、それが佐倉を刺激した。

「どうして、自分の妹を殺した男の恋人を守ることができるんだ。理解できない!」

「ぐ……っ」

木崎を蹴《け》り上げ、地面に倒れ込んだところを上から踏みつける。撃たれた傷を踵《かかと》でえぐるようにすると、木崎は苦痛に顔を歪《ゆが》めてうめき声をあげた。

「ぐぁ……っ、……ぁあっ!」

「佐倉君、やめてくれ……っ」

「ほら、もっと苦しめ! 俺の痛みなんて、こんなもんじゃない!」

初めて見る、佐倉の激情だった。

やめさせようとするが、いとも簡単に腕をねじ上げられ、放り出される。それでも後ろから縋りつくようにして佐倉に抱きつくと、冷静さを取り戻したのか、木崎を踏みつけるのをやめた。

肩で息をしていた佐倉は、呼吸を整えて静かに言う。

「お前が復讐するつもりで芦澤に近づいたと知った時は、驚いたよ。愉しかった。お前とあの男が殺し合うのを、見てやろうと思った。生き残ったほうを俺が殺したら、最高だろ？　だけどお前は、結局芦澤を許したんだ。――馬鹿な奴だ」

ククク……、と嫌な笑みが、榎田に恐怖心を抱かせた。

佐倉の心の状態は、明らかに普通ではない。復讐に取り憑《つ》かれた者の狂気を感じた。

「整形までしたのは、お前たちの間が微妙なバランスで成り立ってるって思ったからさ。もう一回、俺に見せてくれよ。本当に、あいつを許せるのか？　大事な妹を殺した男の下で、働くことができるのか？　自分の妹を捨てた男が、たった一人の相手を見つけて幸せになるのを、お前は隣で見ていられるのか？」

佐倉は、銃口を木崎に向けた。

脚に一発。

「ぐぁ！」

「木崎さん……っ！」

たいして音がしなかったのは、サイレンサーをつけているからだ。躰を丸める木崎に駆け寄ろうとしたが、佐倉に阻止される。

「来るんだ」

「……っ」

銃を突きつけられ、言われるまま歩いていくと車が用意されていた。

「あんたが運転しろ」

小突かれて運転席に乗り込み、震える手でハンドルを握った。一度これを走らせてしまえば、逃げるチャンスはほとんどなくなるとわかっていたがどうすることもできず、指示される通りに車を走らせた。

どこかで検問でもやっていないかと思ったが、そんな都合のいい偶然があるはずもなく、車はどんどん街の中心から離れていく。事務所や工場などが目立ち始め、人気のない寂しい町並みが榎田たちを迎えた。

さらに一時間ほど走ると、山を切り崩したような場所があり、そこへ入れと指示される。

それは、スクラップ工場だった。

「そっちだ。車を降りて歩け」

あたりは油臭い匂《にお》いが立ち込め、瓦礫《がれき》の山が押し黙ったまま榎田たちを見下ろしていた。廃棄される予定のガラクタからは、恨めしげな声が聞こえてきそうだ。

それは、佐倉が抱いているだろう憎しみに反応し、増大しているようにも感じた。

ここにあるものすべてが、榎田に敵意を向けているようだ。

「その車に乗れ」

古びた軽トラックの前まで来ると、中に押し込まれる。

「……っ」

塗装は剝がれて錆《さ》びついた車体が剝《む》き出しになっており、ガラスは割れ、シートはボロボロになっていた。あとはつぶされるだけの運命だというのは、一目瞭然《いちもくりょうぜん》だ。

「芦澤さんたちに、自分の組織をつぶされたっていうのは……」

「ああ、本当だ。あいつの組事務所に銃弾を撃ち込んだのも、俺だよ」

「でも、こんなことをしたって、また憎しみを生むだけだ」

「あんたが俺の立場に立った時、同じことが言えるかな?」

榎田は、反論できなかった。今、自分が何を言ってもこの男には通じない。

黙り込んでしまった榎田を見た佐倉はニヤリと笑い、そして二人の時間を愉《たの》しもうと誘っているかのようにこう言った。

「あいつらがここに来るまで、まだ時間がある。それまで、俺があいつらに何をされたか、教えてやるよ」

5

佐倉は、中国内陸部のある農村に生まれた。

生活は貧しく、いくら働いても家族全員がまともに食べていくだけの稼ぎはなかった。二人いた妹は、どこからか訪ねてきた身なりのいい男に連れていかれ、二度と帰ってくることはなかったという。

男たちが、闇で人身売買を行っている組織の人間だと聞いたのは、一年ほどしてからだ。

佐倉は、この国を出てやると思い、同じ村にいた幼なじみとともに街へ出ていき、危ない仕事もしてなんとか自分たちが国を出るだけの金を作った。

しかし、不幸はそれで終わりではなかった。

金を積めば、いくらでも楽に日本に来ることができる。それこそ、身元を偽って正規のルートで入国する者だっていないわけではない。

だが、金のない者は、密閉された貨物船の中に詰め込まれるようにして、荷物以下の扱いを受ける。脱水症状を起こして死ぬなんて、めずらしい話ではなかった。

実際、佐倉が日本に密入国した時に乗った船では、猛暑でひどいものだったらしい。汗と吐瀉物《としゃ》の匂いが立ち込める劣悪な環境で一カ月。ようやく日本に辿《たど》り着いた。

それが、十二歳の時だ。

生き残った者は、それぞれ別の場所に連れていかれ、日本語を学んだ。外国人を安く雇ってくれる工場などで働いたが、故郷で思い描いていた理想の生活とは、かけ離れていた。

「俺たちが国でどんな思いをしてきたか、あんたにわかるか？　俺たちはガキの頃は、いつも飢えてた。貧しくてみじめで、死んだほうがマシだと思うような生活をしてきたんだ。ようやく日本に来て、やっと人間らしい生活ができると思ったけど、それもまやかしだった。金なんて、日本に来るために全部使ったからな。生きるためにはなんでもするしかなかった。俺はバラバラになった仲間を探しながら、なんとか生きながらえた。幼なじみとも再会して、これじゃあダメだって思い直したんだ。死ぬ思いで辿り着いたっていうのに、なんら変わらないんだからな」

当時のことを思い出しているのだろう。佐倉の目には、悲しみとも怒りともつかない感情が浮かんでいた。泣いているのか、瞳《ひとみ》が少し潤んでいるように見える。

作業台に向かう佐倉からは、想像もつかない目だ。

「だから、窃盗団になって、女性に売春をさせるように……？」

「そうだよ。もっと大きな組織にしようと思っていた矢先だ。あいつらにつぶされたのは……。俺の幼なじみは、死んだよ。あいつらに殺されたんだ。他の仲間とも、バラバラになった。もう俺は一人だ」

佐倉は、一瞬遠くを見る目をした。

孤独な人間が持つ目だ。

故郷を捨て、仲間とともに自分の生きる場所を裏の世界に置くと決意し、その中での幸せを求めた。肩を寄せ合うように生きてきたのかもしれない。

「幸い、金は残った。戸籍を買う金だってできた。俺だけ、日本人として暮らしていこうかとも思ったよ。でも、やっぱりあいつらに復讐しないと俺の仲間は浮かばれない。ただ殺すだけじゃあ、全然足りないんだ。俺たちの組織をつぶしたことを、泣いて後悔するくらいのことはしてもらわないとな……。木崎が復讐目的で芦澤に近づいていたと知った時は、胸が躍ったよ。わくわくした。だけど、あんたのことがきっかけで、あいつらは和解なんてしやがった」

「だから、恵子さんを利用して、もう一度芦澤さんたちをかき回そうとしたんですね」

「ああ。でもすごいだろ。かなり近いところまで再現できたんだ」

再現。

その言葉に、榎田は怒りを感じずにはいられなかった。佐倉の境遇には同情するし、犯罪に手を染めたくなる気持ちも、少しは想像できる。

だが、今の言動だけは許せない。

「君は間違ってるよ。人の死を、なんだと思ってるんだ。それに、貧しかった頃の憎しみまで、芦澤さんたちに向けようとしてる。誰かのせいにしないと、遣《や》りきれないっていう気持ちはわかるけど、それはただの八つ当たりだ」

いつ、撃たれるのかと怯《おび》えながらも、そんな言葉が口から飛び出していた。自分でも驚いていたが、佐倉はさも楽しそうに笑っている。

「さすが、極道を恋人にするだけのことはあるんだな。いつもは穏やかな人だから、拳銃なんか見たら怯えて声なんて出せないと思ってたよ」

佐倉はそう言ったが、本当は恐怖で震えていた。

相手の目を見ればわかるのだ。まるで迷いがない。自分の信念のためなら人の命をも奪ってみせるという確固たる意思が、ひしひしと伝わってくる。

だが、それでも黙っていられなかった。

「自分が何をしているか、自覚すべきだ」

「なんだって？」

「君だって、死んだ幼なじみを復讐に利用されたら　どんな思いがするかわかるだろう？」

榎田の口を動かしていたのは、芦澤たちに復讐するために、死んだ人間を利用しようと整形までした佐倉に対する怒りだった。

芦澤も木崎も、彼女のことでは苦しんだ。

芦澤は彼女を守ろうとして身を引いたというのに、彼女が芦澤を追ってきたため、運悪く悪い男に捕まって喰《く》いものにされた。そして彼女が死ぬまで、その事実を知らなかった。

そして木崎も、自分の妹が理不尽なことで命を落とした悲しみに長い間、ずっと苦しんできたのだ。

彼女をクスリ漬けにして喰いものにした男が、すでにこの世にいないとわかった時、どんな気持ちがしただろう。恨みたくても、恨む相手はもうこの世にいない。木崎に至っては、怒りの矛先だった芦澤が彼女の死に対して責任を感じ、自分の罪として背負って苦しんでいただけに、自分の感情の遣り場がなかったはずだ。

そんな二人の気持ちを考えると、どんな理由があろうとも、死んだ彼女を利用する佐倉を許せないと思った。

「死んだ人を利用するなんて、死者への冒瀆《ぼうとく》だ。彼女は安らかに眠らせてあげるべきなんだ。今さら復讐の道具に使われるなんて、そんなのひどすぎる」

「ははっ。だから日本人はダメなんだよ。平和ボケしてるって言うけど、本当に甘ちゃんなんだよな。根っこのところが俺たちとは違う。目的のためなら手段なんか選んでちゃあダメだ。美しい戦いなんてないんだよ。汚い騙し合いだってやる。必要なら、女でも子供でも殺す」

「でも……っ、さっきは僕のことは、できれば殺したくないって……──っ！」

いきなり、銃口を額に押し当てられた。血走った目に、殺意が浮かんでいた。人指し指はまだスライド部分に添えられているだけだが、殺そうと思えば、佐倉はいつでも榎田を殺すことができる。

「無駄に殺したくないだけだ。俺は人を殺すことが目的の殺人鬼じゃないからな。でも、必要があればいつでも殺る」

ゴク、と唾を呑み込み、佐倉を見上げた。夜も更け、肌寒いくらいだというのに、汗が背中を伝って落ちる。

「お喋《しゃべ》りはこのくらいにしようか？」

佐倉はそう言い、芦澤たちを迎える準備を始めた。


その頃芦澤は、連れ去られた恋人のことを考えていた。

木崎をここで見つけたのは、ほんの十分ほど前――。

右肩と右脚に一発ずつ銃弾を受けていた。どちらも貫通していたため、見た目ほどひどいダメージは残っていない。警察への通報がなかったのは、幸運だった。

佐倉がサイレンサーで音を消していたのは、街中だということを考えてではなく、おそらくどちらから弾が飛んできたのかわからなくするためだろう。タイヤへの一発だけでも、木崎ならある程度は佐倉のいる場所を特定できる。

だが、それが助かった。今警察に動かれるのは、芦澤としても厄介だ。

「……申し訳、ありません」

車に戻った芦澤は、助手席で険しい顔をしている木崎を一瞥《いちべつ》した。

木崎がこんなに簡単にやられるなんて、めずらしい。相手が手強《てごわ》いのだろうが、それ以上に、木崎の心が恵子のことで揺れているという証拠でもあるのだろう。

「あいつと同じ顔をしてたから、動揺したか？」

その問いに、木崎は顔をしかめた。

普段は感情なんてなさそうに見えるが、死んだ妹が絡むと、人間らしい一面を見せる。その死に少なからず関係している者としては、木崎のこの失態は仕方のないことだとも言えた。

いや。木崎の失態というより、自分の判断ミスだ。

芦澤は榎田のボディガードの人選を間違っていたことを、後悔した。

有能で誰よりも使える男だ。佐倉が似ていると言っても、これまでは別の人間だとちゃんと割り切っていた。だからこそ、榎田を守らせていた。

しかし、さすがに女装までされては、平静を保てなかったのだろう。

それだけ、佐倉が恵子に似ているということだ。芦澤の中でも、古傷がシクシクと疼《うず》き出す。

「恵子と同じ顔をしてました。化粧をして、女の恰好を……。正直、驚きました。現場が暗かったせいもありますが、あなたもきっと、驚かれます」

「そうか。でも、あいつは恵子じゃない」

きっぱりと言ったのは、木崎にそれをわからせるためでもあったが、自分に言い聞かせるためでもあった。

「あなたは、佐倉優を撃てますか？」

木崎にしては、弱気な台詞だった。だが、木崎らしいと言えばそうである。

この男が、どれほど妹を大事に思っていたのか、よく知っている。たとえ別人であろうと、同じ顔をした人間を見て平然としていられるほど、人間の心というのは単純ではない。

だからこそ、自分だけは割り切ってしまわなければと芦澤は思っていた。

でないと、また大事な恋人を失いかねない。

「俺は撃てるぞ、木崎。整形までしてあいつの顔を再現するような奴は許せない。あいつと同じ顔で生きているだけでも、胸糞《むなくそ》が悪くなる」

「あなたは、お強いんですね」

「お前はできないか？」

「わかりません。少なくとも、撃てると断言はできません。先ほどは、怯《ひる》みましたから」

「お前に撃てないなら、俺が撃つ」

芦澤は、断言した。それは、誓いでもあった。

「頼みます。恵子を、解放してやってください」

木崎の言葉が、胸に深く突き刺さる。

自分も同じ気持ちだったからだ。

死んでもなお、こんなふうに利用されるなんて恵子の魂は浮かばれない。悲しい死に方しかできなかった女を静かに眠らせてやりたいと思うのは、当然のことだ。

「これからどうします？　組に事情を話して、人を集めますか？」

「たった一人にか？　あのおじきが許すはずがないだろうが。それに、説明なんてしてる時間もない」

そう言った途端、狙ったかのように芦澤の携帯が鳴り、二人は顔を見合わせた。

佐倉だ。

重い空気の中に、呼び出し音が鳴り続ける。

「俺とお前で行くぞ。もともとあいつの組織は、二人でつぶしたんだ。落とし前は自分たちでつけるぞ」

そう言うと、芦澤はポケットから携帯を取り出して電話に出た。

「俺だ」

一瞬の沈黙。

電話の向こうから聞こえてきた声は、榎田の店で自分の採寸をした男のものだった。

スクラップ工場に連れてこられて、二時間ほどが過ぎていた。

榎田は押し込められた車の中で、息を殺すようにして時間が経つのを待っていた。これから自分がどうなるか考えると、不安でたまらなくなるが、芦澤が来てくれると思うと少しだけ落ち着いた。身じろぎをすると、錆びついたスプリングがギシ、と嫌な音を立てる。

車内はガソリンの匂いが立ち込めているが、鼻が利かなくなり、あまり気にならない。

「芦澤たち、来るってさ」

ジリ、と砂を踏む音とともに佐倉が現れると、ガラスの入っていない窓から顔を覗《のぞ》かせた。まるでコンパの打ち合わせでもするような軽い言い方が、恐ろしさを助長させる。

女の恰好をしているのに違和感がなく、こんな佐倉を見たら芦澤や木崎は、さぞかしつらいだろうと思った。こんな喋り方でなければ、女そのものだ。

「こんなこと……もうやめよう」

「馬鹿言うなよ。こっちが断然有利なんだ」

佐倉は榎田の言葉を一蹴《いっしゅう》し、「今自分がどんな状態か見てみろ」というように、ゆっくりとその姿を視線でなぞった。

榎田は剝き出しになったシートの骨組部分に、手錠で繋《つな》がれていた。足もロープで縛られてあり、自力で脱出するのは不可能だ。しかも、手錠の鍵穴《かぎあな》はハンダで埋められているため、鍵なしでそれを開ける技術を持っていたとしても、穴自体が塞《ふさ》がれているため、これを開けるにはもう一度ハンダを溶かし出さなければならない。鎖を切る工具も、ここにはないだろう。

さらに手錠部分や榎田の腕には、大量のガソリンがかけられている。

銃で鎖を切ろうとしても、一発撃ち込んだだけで、引火して爆発する恐れがあった。

「あんな男の恋人になるからだ。借金を背負わされて、店を取られそうになったんだろ？」

「そんなことまで、知ってるんだ」

「全部見てたからね。ずっと追ってたんだよ」

佐倉は得意げな顔をしていた。子供のような無邪気な表情が、いっそうの恐怖を抱かせる。

作業台に向かっていた頃の佐倉の姿など微塵《みじん》もなく、榎田は息苦しさの中で、時が過ぎるのを待った。いつまでこうしていればいいのかわからないというのは、出られるかどうかわからない迷路に迷い込んだようでもある。

この状況に耐えきれずに叫び出したくなるが、榎田の限界が来る寸前、動きが出る。

「やっと来たみたいだよ」

佐倉はそう言い、榎田の耳許で「俺が演出したショーを見せてやるよ」と囁いてから、芦澤たちのほうへ向かった。

見ると、工場の敷地の中に入ってくる二人の姿が確認できる。

「――芦澤さん！」

「無事か？　弘哉」

「は、はい」

下の名前を呼ばれ、少しだけ落ち着いた。芦澤が榎田を下の名前で呼ぶ時は、ベッドの中や行為の最中がほとんどだからだろう。芦澤の余裕が、今の榎田にはありがたい。

「さすがにくたばりはしなかったんだな」

木崎を見て、佐倉は挑発的に笑った。

応急処置はしてあるが、木崎は足を引きずり、肩を撃たれているせいで右腕もあまり上がらないようだ。代わりに芦澤が銃を構えるが、佐倉は逃げるどころか、構えることすらしなかった。

「撃つなら撃てよ。でも、引火するよ。俺は逃げられるけど、あんたの恋人は車と一緒にドカンだ。どう？　好きだった女と同じ顔の人間に、銃を向ける気分は……。お前には、俺は殺せないだろう？」

佐倉は、芦澤を揺さぶりにかかった。

木崎が躊躇《ちゅうちょ》したくらいだ。かなり似ているのだろう。佐倉と対峙《たいじ》する恋人を見て、榎田は胸が痛くなった。今、どんな思いで佐倉を見ているのか。

「お前は恵子じゃない。見た目が同じでも、中身は下司《げす》だからな」

「もう一人はそうでもないらしいよ。……ねぇ、妹の死に顔を二回も見たくないでしょう？　兄さん」

次第にその口調が女っぽくなっていき、声質まで変わってきた。もともと声も高いほうだったが、こんなふうに喋るると、ますます女性的になっていく。

「おい、恵子の真似《まね》なんかするな。胸糞が悪い」

「本当に、妹を死に追いやった男を、許せるの？」

佐倉はそう言い残すと、何を企《たくら》んでいるのか、車から離れ、瓦礫の山の中へと姿を消した。二人があたりを警戒しながら駆け寄ってくる。

「大丈夫か？　何もされなかったか？」

「芦澤さん……」

「木崎、ここはお前に任せる。あいつはお前には殺せないだろう」

「わかりました」

木崎が榎田の状態を確認すると、榎田は木崎に自分の手首にかけられた手錠を見せ、鍵穴がハンダで埋められていることを告げた。

「ダメなんです。すぐには外れません」

「木崎、どうした？」

「ちょっと厄介です」

芦澤は手錠を一瞥し、状況を確認すると「そっちはお前がなんとかしろ」と言い、足を踏み出した。しかし、動くなと言わんばかりに足元に銃弾が撃ち込まれる。

「くそ、どこから撃ってやがる」

今、自分たちが窮地に立たされているのは、榎田でも痛いほどわかった。

佐倉がこの車のガソリンタンクに何発か撃ち込めば、確実に引火する。こんな大きな的は、どこからでも狙うことができるのだ。ここを守りながら、佐倉を捕まえることなんて、ほぼ不可能だ。

『その人に、自分の恋人を任せていいの？　本当に信用できる？　わざと、救出に失敗するかもしれないよ？』

どこから叫んでいるのか、佐倉の声が響いた。

『俺の身元だって、すぐにはわからなかっただろ？　本当は、わからない振りをしてたんじゃないのか？　俺があんたを殺すのを、待ってたりして』

芦澤は忌々しいとばかりに舌打ちをし、また少し車から離れた。木崎に、榎田のすべてを任せるつもりだ。それだけ、木崎を信頼しているのだろう。

「待っていてください。工具のようなものを探してきます」

木崎はいったん離れると、すぐに車に装備してあった工具箱を持って戻ってきた。しかし、専用のものではないため、いくらやっても外すことができない。

『何を手間取ってるんだろうね。助けるつもりなんてないんじゃない？』

「隠れてないで、出てこい！」

『また裏切るつもりなのかも……』

近くの瓦礫に埋もれていた車のサイドミラーが吹き飛んだ。

銃弾が撃ち込まれるたび、心臓がヒヤリとなった。これだけでも、爆発する可能性は十分ある。

「――くそ……っ！」

めずらしく、木崎が感情的に吐き捨てた。

『それに、俺が撃てるのかな？　二度も、彼女を殺すの？』

塞がりかけた傷に、無理やり爪《つめ》を喰い込ませて傷口を開いてみせるかのように、佐倉は幾度となくそんなことを繰り返した。

『また、この顔の人間を殺すんだ？』

「黙れ。胸糞が悪いと言っただろうが！」

『きっと殺せないよね。殺さないよね？』

聞いているだけで、つらかった。

彼女の死は、不運が招いた悲劇だったというのに、芦澤や木崎がいつまでもそのことで苦しむなんて、見ていられなかった。

（もう、やめてくれ……っ）

耳を塞ぎたくなるが、両手の自由が利かない。

どこにいるかわからない佐倉を説得しようとあたりを見回した榎田だったが、思わぬところに佐倉の姿がチラリと見えた。

瓦礫の中に交じっていたカーブミラーに、佐倉の姿が映り込んでいたのだ。

銃口は、芦澤へと向けられている。

「芦澤さんっ、後ろです！」

次の瞬間、パン、パン、パンッ、と銃声が響いた。木崎がハッとなり、顔を上げる。

地面に倒れたのは、芦澤のほうだった。

（嘘、だ……）

榎田のところからも、スーツに血が滲《にじ》んでいるのがわかった。腹のあたりに銃弾を受けている。

「芦澤さん……っ」

佐倉の高笑いが響き渡った。

「やっぱり、わたしのことは撃てないでしょう？　手元が狂ったのは、そういうことだよね？」

木崎はいったん榎田の救出をやめ、佐倉に銃口を向けながら飛び出していった。

「兄さんにも、撃てないよ。私のことは撃てないでしょう？」

「——く……っ」

銃を構えたまま、円を描くように少しずつ近づいていったが、佐倉は慌てたりしない。木崎が撃てないと、確信しているのだ。その度胸は、見事なものだ。

「……撃たないで、お願い」

懇願する佐倉を見て、木崎の顔色が変わった。手は、震えているだろう。

「お願いだから……殺さないで」

「……っ」

「私を、殺さないで」

何度も懇願するうちに、木崎から佐倉と戦う気力が失われていくのがわかった。木崎の心は佐倉が握っている。

これでは、木崎が殺されてしまう。

「——木崎さん……っ！」

「じゃあ、さよなら。兄さん」

そう言って佐倉が銃を構えた瞬間、パン、と乾いた音が響いた。

佐倉の目が大きく開かれたかと思うと、穴の空いた自分の胸に手を当て、流れる血を確かめる。

両膝から崩れ落ちた佐倉は、芦澤を振り返った。

「俺は撃てると言っただろうが」

「ぐ……っ、……ど……して、だ……っ」

芦澤の言葉に佐倉は笑い、地面に手をつくと、小さく呟《つぶや》いた。

「お前が恵子じゃないからだよ」

さすがだな。

唇の動きからそう言ったように見える。だが、それでも佐倉は諦めてはいなかった。

地面に崩れ落ちる寸前、最後の力を振り絞るようにポケットからジッポを出すと、それに火をつけた。

「――くそ……っ！」

もう一発。

芦澤の銃が火を吹いたが、ほぼ同時にライターは手から離れ、火のついたそれは弧を描きながら榎田のほうへ飛んでくる。

（もうダメだ……っ）

そう思った時、木崎が持っていた銃をライターに向かって投げつけた。

ガシャン、と音がして、ライターの軌道は外れたが、火はついたまま少し離れた瓦礫の中に落ちた。折り重なった中に深く入り込んでいき、そこで小さな炎が熾《おこ》ったようだ。

二人が自分に向かって走ってくる。

「木崎っ、急ぐぞ！」

「はい」

火は瞬く間に大きくなり、すぐそこまで近づいていた。このままでは、こちらに引火してしまう。炎は三人をあざ笑うかのように、舌先をちらつかせながら迫ってきていた。

手錠は外れない。

「木崎、火を消せそうか？」

「無理です。もうガソリンに燃え移ってます」

榎田は、希望の光が消えていくような気がした。そして、ある一つの決心をする。

「ぁ……、芦澤さんたち、だけでも……逃げてください。僕は……っ、もう、ダメです」

そう言うが、芦澤は頭に手を回して榎田のこめかみにキスをした。ギュッと抱きしめる腕の強さに、芦澤の気持ちを教えられた気になり、それだけでもういいとすら思えてくる。

「馬鹿を言うな。お前を置いていけると思ってるのか？」

「でも……っ」

榎田は、震える声で逃げてくれと訴えた。

無理だ。

手錠の鍵穴は塞がれている。鎖を切る工具もない。シートを車から外すこともできない。この状態で、ここから逃げ出せるとは思えなかった。

助かる見込みがないのなら、せめて愛する人だけでも生き延びて欲しい。

「なんて顔をしてる」

「だって……」

「一人で勝手な決意をするなよ」

芦澤は、ぐっしょりとガソリンで濡《ぬ》れた榎田の袖口《そでぐち》をまくり上げ、ハンカチで拭《ふ》いた。そして一度しまった拳銃を取り出すと、それを握ったままスーツの上着で全体を包む。

これで引火する可能性は低くなったかもしれないが、それでもかなり危険なことだというのは榎田にもわかる。ガソリンを撒《ま》かれてからずいぶん時間が経つ。揮発したものが、どれだけ空気中に含まれているかもわからない。

しかも、近くで炎も上がっているのだ。どんな些細《ささい》なことが起爆剤になるかわからない。

「木崎。お前は行け」

「ですが……っ」

二人を置いて自分だけ逃げるわけにはいかないと、木崎が目で訴える。しかし、芦澤も引かなかった。

「野暮なことを言うな、木崎。ここはな、恋人を一人で死なせないために、一緒に賭《か》けに出るっていうキメのシーンなんだよ。お前みたいな愛想のない男が隣にいると、雰囲気もクソもないだろうが。さっさと行け」

フザけた言い方で木崎を牽制《けんせい》すると、木崎は顔をこわばらせたまま芦澤を凝視した。なかなか立ち去ろうとしない男に、芦澤はダメ押しのひとことを言う。

「最後かもしれないんだ。恰好つけさせろ」

せめて、木崎だけでも助けてやろうという気持ちを汲《く》んだのか、まだ完全に納得できないという顔をしながらも、木崎は無言で車の外に出た。何か言いたそうにしていたが、言葉を呑み込み、悔しそうな表情で二人を眺めながら車から離れていく。

木崎が安全な位置まで下がると、芦澤はもう一度、榎田のこめかみにキスをした。

「引火したら、二人とも即死だ」

芦澤に抱きしめられ、目の前の現実を教えられる。

失敗すれば、一瞬のうちで消えてなくなるのだ。全部、終わりだ。芦澤を好きな気持ちも、自分自身も。考えることすら、できなくなる。

「悪いな。俺なんかに惚れられたせいで、まともな死に方ができないかもしれない」

「いえ、自分で選んだことです。道連れにしていいって……言ったじゃないですか」

怖くて声が震えていたが、覚悟はしていた。

芦澤が一緒なら、この恐怖に耐えられる。死ぬのは怖いが、芦澤が一緒にいてくれる。それならいい。大丈夫だ。

「愛してるぞ」

「はい、僕もです」

「じゃあ、……行くぞ」

静かに、だが決意を感じる言い方で、芦澤は銃口を手錠の鎖部分に押し当てた。心臓がこれ以上ないというほど激しく踊っているのがわかる。

自分を抱く芦澤の腕に力が込められると、榎田はきつく目を閉じた。パン、という音とともに鎖が弾《はじ》け飛び、手は自由になる。

「来い、走るぞ！」

「……っ」

無事に鎖を断ち切ることができたのを喜ぶ暇もなく肩を抱かれ、車の中から飛び出した。急いで車を離れ、少しでも遠くに逃げようと走る。

「——っ！」

ものすごい音とともに、車が爆発した。連鎖的に小さな爆発も何度か起き、瓦礫の破片が宙を舞った。あと数秒、あそこにいたら死んでいた。

「間一髪、だったな」

油まみれになっている榎田の顔を、芦澤が優しく撫《な》でる。

そして、ぐらりとその躰が揺れた。自分に覆い被さってくる躰を受け止めると、腹から血が流れているのがわかった。先ほど、佐倉に撃たれた傷だ。かすり傷程度だと思っていたが、見ると血でべっとりと濡れている。内臓をやられている可能性もあった。

「芦澤さん……っ」

片脚を引きずりながら駆けつけた木崎が、素早く芦澤に肩を貸す。

「……行きましょう。警察が来ます。運転をお願いしてもいいですか?」

「は、はい」

真っ青になっている芦澤を二人で車まで運び、すぐさまそれに乗り込んで現場を離れた。

ハンドルを握りながらバックミラーを覗くと、闇の中でオレンジ色の炎と黒煙が上がっているのが見え、自分がどれだけ危険な事態に直面していたのか、強く思い知らされるのだった。


「そうですか。佐倉君は辞めたんですか」

大下は店に出てくるなり榎田から聞かされた報告に、少し肩を落として呟いた。

「はい、突然ですが、一身上の都合ということでした」

「せっかくいろんなことを覚えたというのに、残念です。でも、仕方ありませんね。また、二人でがんばりましょう」

あれから芦澤は、病院ではなく闇医者のところに行くと言って榎田と別れた。

一般の病院だと、あの怪我では警察へ通報されるからだ。

榎田は芦澤のマンションに連れていかれたが、芦澤と木崎はその日は結局帰ってくることはなく、まんじりともせず、一夜を過ごした。芦澤が心配でならなかったが、木崎の代わりに若い舎弟が芦澤の状況を逐一報告に来てくれたのが、せめてもの救いだった。

しかし翌日になっても、芦澤がマンションに帰ってくることはなく、結局、今朝《けさ》がた店に戻った。手術は無事成功し、命に別状はないと言われたが、やはり顔を見るまでは安心できない。

「どうしました？」

「あ、いえ……」

ぼんやりとしていた榎田は、今は普段通りにしているべきだと、急いで仕事にかかる準備をした。そして、ふとある思いがよぎる。

大下が、自分たちのことをどこまで知っているのかということだ。

今まで深く考えないようにしていたが、榎田が芦澤に無理やり連れていかれて数日戻らなかった時も、大下は何も聞かなかった。賭けに勝ったことで借金を帳消しにしてもらったことは知っているが、それだけの関係だと本気で思っているわけではないような気がする。

佐倉が突然辞めたことも、残念がったわりに深く追及しないところを見ると、大下が何も気づいていないとは思えなかった。

「大下さん、もしかして……知ってるんですか？」

「何をです？」

作業を続けながらそれだけ言う大下に、なんとなくこの話はしないほうがいいのだと悟った。見て見ぬ振りをしてくれているのなら、素直に甘えるべきだ。

「いえ……なんでもありません」

それだけ言い、榎田も仕事を始める。

今日は二人とも採寸や納品で外に出る予定はなく、ほとんど作業場にいた。来客もなく、黙って手を動かすだけの時間が過ぎていく。芦澤のことが頭に浮かばなかったわけではないが、今、自分が行けないことに納得はしていたし、何もできないというのもわかっていた。仕事に逃げるのではなく、自分がすべきことはこれしかないのだと、作業に集中する。

芦澤とともに命を懸けるような真似をして、胆《きも》が据わったのかもしれない。

昼食を摂り、午後からの仕事を始めて二時間ほどが経過した頃だろうか。

一階でベルが鳴り、榎田は作業を中断して降りていった。

「諏訪さん……」

「こんにちは。ちょっと一緒に来てもらえますか?」

「え、……あの……」

諏訪はなんの説明もせずに「ほら」と促し、今度は二階の作業場に向かって声をかけた。

「大下さん。諏訪です。ちょっとよろしいですか?」

「はいはい、なんでしょう」

大下が、のほほんとした態度で顔を覗かせる。

「すみません、これから榎田さんを少しお借りしたいのですが……」

「ええ、ええ。わたしは構いませんよ。遅れた仕事を取り戻そうとしたせいか、今度は作業がはかどって予定より少し早いくらいですから。確か、そうでしたよね？」

同意を求められて頷くが、戸惑ってもいた。

「留守番はわたしがしておきます。戸締まりもね。ここも片づけておきます」

さぁ、お行きなさい、と目を細めて笑う大下に、榎田は無言で頭を下げる。

やはり、大下は知っているのだろう。榎田と芦澤が、普通の関係でないことを……。

「ほら、早く」

諏訪に促され、榎田は急いで助手席に滑り込んだ。車が発進すると、仕事のことは頭の中から消えてなくなった。早く、恋人の顔が見たい。ただそれだけだ。

二時間弱かけて連れてこられたのは、古びたビルだった。そこでは木崎が待っており、榎田は車から降りるなり、中へと案内される。

「こちらです」

「木崎さん。怪我は大丈夫でしたか？」

「はい、ご心配おかけしました。中で芦澤が待っておりますので、早く行って差し上げてください」

知らず知らずのうちに足早になっていくのをどうすることもできず、最後は半ば駆け込むように教えられた病室へと向かった。店では自分でも驚くほど落ち着いていたが、やはり胆が据わるにはまだまだだということだろう。

病院独特の匂いが鼻腔《びこう》を掠《かす》め、芦澤が負った怪我がどれほどのものなのかと、つい想像してしまい、最後は飛び込むように病室のドアを開ける。

「芦澤さん……っ」

「よぉ、遅かったな」

何度も命に別状はないと聞いていたが、顔を見てようやく心底ホッとすることができた。

「どうした?　幽霊でも見ているような顔をしてるぞ」

芦澤はバスローブを身につけ、ベッドに座ったままタバコを吸っていた。シャワーを浴びたのだろう。髪がまだ濡れている。

撃たれたというのに、いつもと変わらない芦澤を見て、これは夢なのではないかと思った。

「怪我、大丈夫なんですか?」

「ああ、まだ湯船には浸かれないがな」

「そう、ですか。……よかった」

ゆっくりと歩いていき、その前に立つと、芦澤はサイドテーブルの灰皿でタバコを消して榎田の腰に手を伸ばした。そっと髪に触れ、夢ではないことを実感する。

「俺のせいで、またあんな目に遭ったな。俺が判断を誤った。あいつに弱点をつかれたんだ。あんなことになる前に何かできたはずだってのに……不甲斐《ふがい》ない男だよ、俺は」

「そんなこと……」

フラッシュバックのように、あのスクラップ工場での出来事が脳裏に蘇ってきた。

二度、恵子を殺すのかと聞いた佐倉の声が、頭に浮かんだ。違う人間だとわかっていても、彼女と似た人間に銃口を向けるのは、つらかっただろう。

それでも、自分のために佐倉を撃った。

好きな女を葬り去るようなことをさせてしまったという思いが、榎田の心を締めつける。

感情が溢れてきて、とまらない。

「あの男の正体がなかなか摑めなかったのは、俺のせいでもある。恵子と同じ顔の男が現れて、動揺していたのかもしれないな」

「いいんです。動揺したって、揺れたって……いいんです。だって、恵子さんは芦澤さんにとって、大事な人、だったんですから」

「じゃあ、なんで泣いてる?」

言われて初めて、自分が泣いていたのに気づいた。それを自覚した時には、涙はポロポロと零れ、芦澤のバスローブを濡らしていた。

深く俯《うつむ》いているため、頰《ほお》を伝うことなく直接落ちて吸い込まれていく。

☆お買い上げ書店　　市区町村　　書店

☆アズ・ノベルズをなんでお知りになりましたか？

a.書店で見て　b.広告で見て（誌名　　）　c.友人に聞いて

d.小社ＨＰを見て　e.その他（　　）

☆この本をお買いになった理由は？

a. 小説家が好きだから　b.イラストレーターが好きだから　c.表紙にひかれたから　d.オビのキャッチコピーにひかれたから　e.あらすじにひかれたから

f.友人に勧められたから

g.その他（　　）

☆カバーデザイン・イラストについてのご意見をお聞かせください。

☆あなたの好きなジャンルに○、苦手なジャンルに×をつけてください。

a.学園もの　b.社会人もの　c.三角関係　d.近親相姦　e.年の差カップル

f.年下攻め　g.年上攻め　h.ファンタジー　i.ショタもの

j.その他（　　）

☆あなたのイチオシの作家さんはどなたですか？

小説家（　　）

イラストレーター（　　）

☆この本についてのご意見・ご感想を聞かせてください。

ご協力ありがとうございました……………………………………

おそれいりますが
50円切手を
お貼りください

郵便はがき

1010051

東京都千代田区
神田神保町2−4−7
久月神田ビル7階

株式会社 イースト・プレス
アズ・ノベルズ係 行

お買い上げの
本のタイトル

ご住所 〒

電子メールアドレス

（フリガナ）

お名前

ご職業または学校	年齢	性別
	歳	男・女

アズ・ノベルズをお買い上げいただき、ありがとうございました。
また、ご記入いただきました個人情報は、企画の参考以外では利用することはありません。

「心が、痛いから……っ。僕のために、彼女と同じ顔の人を……」

「責任を感じてるのか？　そんな必要はない」

「でも……っ」

「いいんだよ、気にするな」

腰に回されていた手が、榎田を引き寄せた。

「お前が泣いてくれると、恵子も救われる。極道が泣くわけにはいかないからな」

「……芦澤さん」

「だが、これだけは言っておく。あいつがどんなに恵子に似てようが、恵子じゃない。俺が揺れたのは、あんな死に方をしたってのに、死んだあとまで俺のゴタゴタに巻き込まれるかもしれないと思ったからだ。死んだ人間は安らかに眠らせてやりたい。ただ、それだけだった」

榎田は、無言で芦澤に抱きついた。言葉なんか出ない。

（芦澤さん……っ）

榎田の存在を確かめるように、芦澤はまさぐるように躰に触れ、火を放っていった。スラックスの上から刺青を撫でられ、恥ずかしさのあまりつい腰を引いてしまう。

「ぁ……っ」

「逃げるな。触らせろ」

芦澤はそう言い、服の上からさらに榎田の躰を撫で回した。直接肌に触れられていないせいか、肌がぞくぞくとなり、堪《こら》えきれないもどかしさに身を捩《よじ》る。

こんなふうに触れられて悦《よろこ》ぶなんて、ひどくはしたない躰になったものだと、自制の効かない躰を持て余しながら榎田は羞恥《しゅうち》に耐えた。

「お前の泣き顔を見たから、興奮してるんだ。縫ったばかりだからな、今日くらい自粛しようと思ったんだが。それに……」

ワイシャツの上から胸の突起を探り当てられたかと思うと、軽く歯を立てられる。

「——ぁ……っ！」

「お前の泣き顔を見て、おとなしくしてろというほうが無理だ」

ニヤリと笑い、芦澤はさらに舌を使った。

唾液《だえき》でワイシャツが濡れ、赤く色づいた胸の突起が透けて見える。ぴったりと肌に張りついているせいで、尖《とが》ったその形がよくわかった。

「でも……っ、芦澤さん、怪我が……」

「怪我を心配するなら、協力しろ。それに、このままやめてしまったら、お前が困るだろうが」

もう片方の胸の突起もいじられ、無意識のうちに腰が動き、快楽を求めた。刺激が強すぎて次第にジンジンとした痛みを伴うが、それすらも榎田を高ぶらせるものでしかない。

「あっ！」

指で摘《つま》まれると爪先《つまさき》が痺《しび》れ、榎田の中心は下着の中で硬く張りつめた。膝をベッドの上に落とし、芦澤に跨《また》るような恰好で唇を重ねる。

「ん……、――ぅん……っ、んっ、……ふ、――ぁ……っ!」

芦澤は榎田のスラックスを剝ぎ取り、手のひらでゆっくりと刺青を撫でた。肌が敏感になっているのか、声をあげたくなるほど感じ、自分を翻弄《ほんろう》する男の頭をかき抱いて躰を震わせた。

躰がどうしようもなく熱くて、頭がぼんやりとしてくる。

血液が沸騰しているようだ。

「ぁ……、芦澤、さん……、さ、触ら、な……いで」

「ここが、感じるんだろう?」

「おねが……、触、……な……い、……で……っ」

なぜ、そこが感じるのか、自分でもわからなかった。だが、身をくねらせる黒龍が浮かんだ肌は、芦澤を待ち焦がれていたように反応する。

甘い旋律は途切れることなく、榎田の躰をその魅惑的な毒でジワジワと侵食していった。

「この前、電話で俺に言ったことを覚えてるか?」

「……っ」

「覚えてるだろう?」

クス、と耳許で芦澤が意地悪く笑うのがわかった。電話でお互いの声を聞きながら、自慰に耽った時のことを思い出せと言っているのだ。

「ここを苛《いじ》めてくれと言ったのは、どこのどいつだ？」

芦澤は、榎田の屹立《きつりつ》の先にある小さな切れ込みを指でぐりぐりと刺激した。たったそれだけのことに、奥のほうが疼き、そこに欲しいとねだり始める。

芦澤にされたことを、躰はすべて記憶しているのだ。

「苛めて欲しいのは、どこだ？」

「それは……っ」

「今、ここでもう一度言ってみろ」

催足されて素直に口にできるほど、こういった行為に慣れているわけではない。

あの時は、気分が高まっていた。会えないもどかしさに、目の前に芦澤がいないということも手伝って、大胆になれた。だから言えたのだ。

面と向かって、あんな恥ずかしいことを口にできるはずがない。

「俺に苛められるのは、好きか？」

榎田は目を逸《そ》らしたが、強く注がれる芦澤の視線をいつまでも無視することはできず、おずおずと目を合わせた。そして、情熱的な色を奥に秘めた瞳にひとたび魅入《みい》られると、二度と逸らすことができず、見つめ合う。

「どうなんだ？　俺に苛められるのは、好きか？」

静かに問われると、甘いため息が漏れた。

（あ……）

身も心もとろけさせるような囁きに、抵抗する気力を失ってしまう。こんなにセクシーな男の色気を漂わされて、何も感じないでいろというほうが無理だ。

それを口にしてしまうと、今夜は何をされるかわからないと知っていたが、榎田は覚悟を決めた。

また、命を狙われるかもしれない。今度は、こちらが命を落とす可能性だってある。

そんな思いと、自分の躰をまさぐる恋人の手に助けられているのは、言うまでもない。

「好き、です。……好き……っ、……苛めて、くださ……」

自分の口から零れた本音に恥じらいながらも、榎田は恋人に己の身を差し出した。

榎田は着てきたものをすべて剝ぎ取られ、包帯で後ろ手に縛られた状態で、芦澤と向かい合わせになっていた。完全に座ることを許されず、膝をついた状態で腰を浮かせ、壁に背をもたれさせてベッドに座る芦澤に跨っている。

さらに、包帯で目隠しをされ、視界を完全に遮断されていた。見えないと次に何をされるのか予想できず、芦澤の小さな身じろぎや手の動きにも敏感になった。感覚が研ぎ澄まされていくようで、それだけに、軽い愛撫《あいぶ》にすら形容しきれないほどの快感を覚える。

包帯は首にも巻かれており、それはウエストを一周して足首にまで伸び、拘束具のように榎田の自由を奪っていた。伸縮性があるとはいえ、体勢を変えたり上体を反らせたりすると首がきつく締めつけられ、被虐的な気分を煽った。

「どうだ？　疼いてきただろう？」

芦澤はジェルを垂らし、尿道の奥深いところまで医療用のカテーテルを挿入し始めた。五、六ミリほどの太さがあるが、慣らされた躰はたやすく呑み込んでいく。

擦られる感覚というより、拡張される感覚が、たまらない快感に繋がっていた。イケナイ場所をじっくりと観察されながら、弄《もてあそ》ばれる恥ずかしさといったらない。

上体を少し前に倒し、俯いたまま、荒い呼吸を繰り返すだけだ。

首に巻かれた包帯が頸動脈《けいどうみゃく》を圧迫して、頭がぼんやりとしてくる。

「ぁ……っ、あぁ……、あ、……はぁ……っ」

親指でゆっくりと太腿の刺青を撫でられ、ますます息があがる。何度整えようとしても、焦《じ》れた躰は先走り、色欲という名の魔物に取り込まれていくのだ。

「やっぱり、お前の肌には、この刺青が似合うな」

「ぁ、ぁあ……、……ぅ、……あぁ……」

芦澤はそこ以外に触れようとはせず、ほとんど放置されているような状態で言葉だけを注がれた。じっくりと榎田を料理していくつもりらしい……。

「どうした？　何をつらそうにしてるんだ？」

「はぁ……っ、あぁ……、芦澤さん……」

「触って欲しいなら、ちゃんと言え」

ヒクヒクと躰のいろんなところが淫《みだ》らに痙攣《けいれん》し、それが榎田を追いつめてもいた。なかなか触れてもらえないことが、欲望を育てる。

「触って、くださ……、触って……」

「いいぞ。ちゃんとおねだりできるようになったか。だが、まだ足りないな」

「お願……、触って、ください……」

何度も懇願するが、芦澤は触れてはくれず、何やら道具を用意し始めた。

怖さとほんのわずかな期待が、榎田の胸に姿を現す。カチャカチャとプラスチックのような音がし、ビニールの包みが目の前で開けられる音がした。

何をされるのかと思うと、心臓がトクトクと速くなる。

「——あ……っ」

生温かい液体が、カテーテルを通して流し込まれていくのがわかった。次々と流れ込んでくるそれは膀胱《ぼうこう》にたまり、尿意を促す。

「何……、や……っ」

「心配するな。ただの生理食塩水だ。ションベンがしたくなってきただろう？　俺が採取してやる。」

「や……っ、待って……くださ……」

「我慢できるんなら、してもいいがな」

「待……っ、──ぅ……っく」

榎田は唇を噛《か》んで耐えた。芦澤の前で、しかもベッドの上で排尿なんてできない。だが、流れ込んでくる液体は膀胱をいっぱいにし、榎田を責め苛《さいな》む。

我慢しても、滴るように先端のほうから溢れているのが自分でもわかるのだ。

限界はすぐにやってきて、とうとう榎田は観念する。

「あぁぁ……」

一度気を抜くと、あとはとめようがなかった。

フラスコのような物の中に、自分が漏らしたものがたまっていく音がする。耳を塞ぎたくなるような、恥ずかしい音だ。かなりの量の生理食塩水を注入されていたらしく、すべて出し終えるまで、ずいぶんかかった。

最後の一滴まで出し尽くしてしまうと、全身から力が抜け、座り込んでしまう。

「ぁ……、あぁ」

「なんだ。ションベンはあまりたまってなかったみたいだな。ほとんど色がついてないぞ」

恥ずかしくて、たまらなかった。生理食塩水で薄められているとはいえ、排泄《はいせつ》したものを見られているのだ。いい大人が、お漏らしをしたような気がしてくる。

「どうした？」

芦澤はカテーテルをゆっくりと引き抜き、後始末を始めた。

「ぁ……っ」

「ちゃんと消毒しておかないと、あとで痛い思いをするぞ」

微かに消毒薬の匂いがし、綿棒のようなもので中をゆっくりと擦られる。ここまでされると、されるがままだ。

完全に支配下に置かれた気分になった。

「あっ」

「今度はもう少し太いやつだ」

「ぁ……っ、……っく」

ジェルを塗った新しいカテーテルを再び尿道に挿入され、榎田は苦悶《くもん》の表情を浮かべた。息があがり、被虐的な悦びが、次第に自分を侵食していくのがわかる。

（芦澤さん……）

キスして欲しくて、恋人の唇を探した。

「どうした?」

「はぁ……」

「いやらしい口だ。何をしゃぶりたがってるんだ?」

「芦澤さ……」

声を頼りにして、せがむように唇を近づけるが、触れたのは芦澤の指だった。下唇を軽く押しつぶされ、口の中に指を入れられる。

「――んぁ……」

少し乱暴に口内を探られ、榎田は溢れそうになった自分の唾液を呑み込んでから息をつくと、舌を絡めて応えた。見られていると思うとますます気分が高まってきて、榎田は芦澤の指にしゃぶりつき、愛情を込めて舌を這《は》わせた。

芦澤が自分を見ているところを想像しただけで、気持ちが高ぶってしまう。

排泄行為まで見られた。もう、何一つ芦澤に隠すことなんてできないような気がした。全部、見られた。

もっと、見て欲しい。

「うん、……んっ、んっ、……ぁ……ん」

戯れるような指の動きに誘われ、普段の榎田からは想像できないほどに乱れていた。自分がとてつもなくいやらしい人間に思えてきて、それがますます榎田の気持ちを高ぶらせている。

悪循環だ。

「んぁ……」

指が口の中から出ていくと、ついそれを追ってしまうのをどうすることもできない。

「そんなに飢えてるのか?」

顎《あご》に手をかけられ、口づけの予感にまた心が濡れた。芦澤の口づけが欲しい。舌と舌を絡ませ合い、求め合いたかった。

確かに芦澤の言う通りだ。飢えていた。

「お前がそんなふうに乱れると、俺も興奮する」

甘く囁く恋人の声を聞かされたかと思うと、唇を奪われる。

「――ぅん、……ん。……ふ、……んぁ……、はぁ……っ、んんっ」

ようやく与えられた口づけに、夢中だった。刺青を撫でる手のひらにも、狂わされそうになっていた。まだ触れられてすらいない後ろの蕾《つぼみ》までもが激しく疼き、欲しいと訴える。

もう、取り繕っている余裕など、なかった。

「んぁ……はぁ……っ、……欲しい、です。指、入れて、ください……」

「じゃあ、もう一度腰を浮かせろ」

「ぁあ……、…………っく、――ぁ……っ、ぁあっ!」

ジェルを塗られた指に後ろを広げられ、榎田は上体を反り返らせて掠れた声をあげた。弾みで首に巻かれた包帯が締まり、この行為をより倒錯めいたものにする。

前も、後ろも、敏感になった肌も、すべてが歓喜している。

「ぁ、芦澤さん……っ、ダメ……です。も……」

「もう、イクのか?」

揶揄《やゆ》の混じった言い方をされるが、限界だ。

「抜いて、ください……」

「何をだ?」

「カテーテル、抜いて、くださ……。お願い、……おねが……っ」

それが抜き取られる瞬間、促されるように榎田の先端から白濁がドロリと溢れ出た。

「ぁあ……、あっ!」

はっきりとした絶頂ではなかったが、射精感は持続し、いつまでも痙攣は治まらなかった。腰を浮かせた状態を続けているため、膝が震えてとまらない。

倒れ込みたくなるのを制され、芦澤に腰を摑まれてあてがわれる。

「そろそろ、こいつが欲しいだろ?」

「……ぁ」

「お前が乗れ」

倒れ込みそうなほどくたくたになっていたが、欲望の火種はまだ消えてはおらず、榎田は快楽

の余韻に震える躰で芦澤を受け入れ始めた。芦澤の太さをあそこで感じながら、促される通り、自分から腰を落として熱の塊を徐々に呑み込んでいく。

「ぁ、あ、あっ」

幾度となく躰を重ねてはいたが、やはりこんな体勢のせいかなかなか上手くできなかった。イッたばかりで、躰が敏感になっているのもいけない。

あと半分といったところで、いったん息をつこうとしたが、半ば強引に奥まで収められる。

「——ぁぁあ……っ！」

榎田は、悲鳴にも似た声をあげた。呼吸を整えようとしてもすぐには回復せず、胸板は大きく上下している。

「どうだ？　欲しかったものの味は」

「ぁあ……っ」

わざと不意をついてみせる恋人のやり方に、躰は悦んでいた。

「ここでたっぷり、俺のをしゃぶっていいぞ」

芦澤は刺青を手のひらで撫でながら空いたもう片方の手を後ろに伸ばし、繋がった部分を指でいじる。もどかしいくらい、意地悪な手だ。繋がっているだけでも悦楽が押し寄せてくるというのに、ゆるりゆるりと前後に揺らされ、目眩《めまい》を起こす。

「や……っ、……ぁ……っ、ぁあ……っ、ああっ！」

下から優しく突き上げられ、榎田は自分の浅ましさを実感した。

これが、欲しかったのだ。

自分の中を深く出入りする芦澤を意識でずっと追い、味わう。

すごく、熱い。

太腿の内側を撫でられ、ぞくぞくとした快感に見舞われた。芦澤の刻印である刺青が、主《あるじ》の手に反応しているかのようで、榎田は自ら腰を振ってしまうのをどうすることもできない。

次第に動きは激しくなっていき、戯れなど忘れ、二人はお互いを夢中で貪《むさぼ》った。ベッドがギシギシと軋み、熱い吐息とその音だけが部屋の中を満たす。

その日、榎田は何度も絶頂を迎え、芦澤も己の欲望を恋人の中に注ぎ込んだ。


激しく抱き合ったあとの躰は、まだ火照《ほて》りが治まっていなかった。

あたりにもまだ淫靡《いんび》な空気が漂っているような気がし、気だるくベッドに横たわっていた榎田は、この余韻を味わっていた。

ベッドの下には包帯やカテーテルが無造作に放り出されてあり、自分がどんな行為に夢中になっていたのかを見せつけられているような気になった。

きっと、誰かに聞かれていただろう。

芦澤の安全を守る舎弟たちは、いつも部屋の外に控えている。それなのに、周囲を憚《はばか》ることなくはしたない声をあげて啼《な》いた。自分の中にあれほど浅ましい獣がいたのかと驚くほど、快楽に貪欲になっていた。

今思い出しただけでも恥ずかしくなるが、それでも欲しかったのだ。

芦澤が欲しくてたまらなかった。どんなに足掻《あが》いても、あんなふうに夢中になるのを抑えることはできなかっただろう。

恋人の腕に抱かれたままウトウトしていた榎田だったが、ふと何かの音に気づいて目を開けた。

すると、恋人が携帯で話している。

「……ああ、そうか。……それで？　わかった。ご苦労だったな」

芦澤はそう言って携帯を畳んだ。

せっかく眠りかけた榎田が、再び目を覚ましたのに気づき、目を細めて笑う。

「起こしたか？　悪かったな」

「いえ……」

芦澤に頭を撫でられ、その温《ぬく》もりに甘えていた。

「何か、あったんですか？」

「ああ、ちょっとした報告だ」

「報告？」

芦澤は何か考え込むように黙り込み、榎田の髪の毛を弄び始めた。無理に聞き出そうとはせず、恋人が自分の口から何か言ってくれることを待っていると、ポツリと呟く。

「あいつの死体は、出てこなかったそうだ」

「え……」

すぐには理解できず、ぼんやりと顔を上げるが、芦澤は榎田の頭をもう一度自分の胸板に押しつけるようにしてぐっと抱きしめた。心配するなというような態度だ。

「確かに、トドメは刺した。だが、死体がない。変な話だ」

佐倉が、生きているかもしれない。

芦澤に撃たれたはずだというのに、まだ、生きているかもしれない。

もし生きていたら、再び復讐に来るだろうか——。

そう考えたが、答えなどわかるはずもなかった。ただ、復讐に人生を賭けても決して幸せにはなれないと、わかってくれたらいいのにと思う。

「怖いか？」

「そうですね。怖くないと言えば、嘘になるかもしれません。でも、僕はこうしていられるなら、それでもいいです」

「そうか」

「……はい。だから、ちゃんと道連れにしてくださいね」

「わかってるよ。だから、彫らせたんだ。それに、あの時のお前の言葉は、忘れてない」

静かな言い方が、その言葉に重みを与えていた。

『いえ、自分で選んだことです。道連れにしていいって……言ったじゃないですか』

死を覚悟した時の榎田の言葉だ。嘘偽りない本音が、そこにはある。

「あの時は男前だったぞ。惚れ直した」

クス、と笑い、髪の毛にキスをする恋人に、榎田も少しだけ笑った。

この穏やかな時間が、いつまで続くかわからない。いつか、恋人の早すぎる死に遭遇するかもしれない。

それでも自分は、芦澤を選んだのだ。

榎田は、無言で芦澤の胸板に頬を擦りつけた。放さないでくれというように、躰と躰をぴったりとつけ、その鼓動に耳を傾ける。

このまま溶け合って一つの存在になりたいと思うほど、愛しい相手だ。

これからどんなことがあろうと、芦澤とこうなったことを後悔したりはしないと言える自信があり、榎田はそれだけで十分に幸せなのだと感じることができるのだった。

暴走するサイボーグ

バーの明かりが、グラスをぼんやりと照らしていた。愛愁のあるトランペットが店内を舐《な》めるように流れ、ここに来る人間に日常を忘れさせてくれる。

諏訪《すわ》はカウンターに座り、ダイナマイトという名のカクテルを飲んでいた。深い琥珀《こはく》色をしたそれは、見た目は美しく香りもいいが、いったん口に入れると刺激的な味に驚かされるドライなカクテルだ。一度、ベッドを共にした男に、お前に似ていると言われたことがある。

「今夜は、お一人ですか?」

「ええ、たまには一人で飲むのも悪くないかなと思いまして」

バーテンダーはさりげなく声をかけ、カウンターの客が会話を求めているか判断する。

ここは、諏訪が文句なしに合格点をつけられるバーの一つだった。音楽のセンスはいいし、バーテンダーはさりげない気遣いができる。奥にいるコックの腕も申し分ない。

「何かお召し上がりになりますか? 今日は新鮮な鱈《たら》が入っておりますので、香草マリネなどがお勧めですが」

「そうだね。じゃあ、それを頼むよ」

「かしこまりました」

バーテンダーが言うと、隣の見習いらしい若い男が注文を告げに奥へと消えた。自然な立ち振る舞いは、このゆったりした気分を崩すことなく、それがまた心地よい。いらっしゃいませ……、と新しい客を迎える声がするが、それもBGMの一つだった。

カウンターに近づいてくる客の気配に、諏訪は無意識に目を遣《や》った。そして、グラスを口に運ぶ手の動きが、一瞬とまる。

「木崎《きざき》さん……」

こんなところで会うなんて、初めてだ。プライベートの匂《にお》いを感じさせない男は謎《なぞ》に満ちていて、酒を飲む姿なんて想像したことがない。

「一人でお酒ですか？　めずらしいですね」

「はい」

「よかったら、隣どうぞ。お一人がいいのでしたら、無理にとは言いませんが」

「いえ」

木崎は隣のスツールに腰を下ろし、バーテンダーからホットタオルを受け取って手を拭《ふ》いた。そして黙ってメニューを開き、無言で目を走らせる。口数の少ない男と以前から思っていたが、本当に愛想もへったくれもない。サイボーグそのものだ。

偶然ですね、くらい言ってもバチは当たらないだろうに——半ば呆《あき》れて木崎を横目で見る。

（ま。らしいと言えばそうですが……）

諏訪は、表面上はいつもと変わらない木崎を見ながら、その心中を想像した。

佐倉《さくら》の事件から、ひと月が過ぎている。肩と脚に受けた銃弾の傷はずいぶんと癒《い》えたようだが、心のほうはどうだろうか。妹の死についてかなり苦しんだだろうに、あんな事件に遭遇した。しかも、いまだ芦澤《あしざわ》の右腕として働き、ボディガードとして芦澤を守っている。

わからない男だ。

「ニコラシカ」

バーテンダーに短く言う木崎を見て、諏訪はグラスを口に運びながら忠告した。

「いきなりそんなきついお酒飲んで、大丈夫ですか？」

返事はない。

ニコラシカは、ブランデーの入ったリキュールグラスにスライスしたレモンで蓋《ふた》をし、その上に砂糖を盛っただけのシンプルなカクテルである。レモンを砂糖ごと口に入れて二、三回嚙《か》み、一気に酒を流し込むという乱暴なものだ。アルコール度数が四十度ほどあるため、てっとり早く酔いたい時にはちょうどいい。

つまり、木崎は酔いたいのだ。

出てきたカクテルのグラスをセオリー通りの飲み方で空にした木崎を見て、諏訪は中指でメガネを押し上げた。いい飲みっぷりだが、今の木崎にはいい飲み方とは言えないだろう。

「しょっぱなからそんなに飛ばしていいんですか？」

そう言うが、諏訪の言葉など無視して、木崎はまたきつめのカクテルを注文する。

「ボンバー」

諏訪は肩を竦《すく》めるしかなかった。

木崎はそれも空にし、今度はジン・アンド・ビターというほとんどストレートのジンのようなカクテルを注文した。座って十分足らずだというのに、目茶苦茶だ。

先ほど頼んだ鱈のマリネが出てくると、箸《はし》を二人分頼んで木崎に勧めたが、せっかくの好意は無視され、木崎は代わりにスパニッシュ・タウンを要求した。そろそろ忠告をしたほうがいいかと様子を窺《うかが》うバーテンダーに、諏訪は「出してやってくれ」と目で訴える。

すると男は、シェイカーを振ってからグラスを差し出し、少し離れたところに移動した。

空気の読みは抜群だった。

「ねぇ、木崎さん。恵子《けいこ》さんのこと、まだつらいんですか？　この前の事件で傷が開いたとか？」

「わたくしは、情けない男です」

「わたしはそうは思いませんけどね」

「整形などして妹の顔を再現したあの男を、撃てなかった。恵子のことを思えば、あんな男はすぐにでも葬り去るべきだった。結局、それができたのはあの人だった」

「でも、そんな人だから、あなたは芦澤さんについていく決心をしたんでしょう？」

「そうですが……」

口籠《くちごも》る木崎に、諏訪は視線をチラリと注ぐ。苦しげな表情。

本当に、今日はめずらしいことだらけだ。酒に溺《おぼ》れる木崎など想像したこともなかったというのに、感情をここまで垂れ流しにしているなど、尋常ではない。

「もしかして、榎田《えのきだ》さんを守れなかったことを恥じてるんですか?」

「どういう意味です?」

「本当は、自分が榎田さんを守りたかった……」

質問するというより、木崎の心を代弁するように諏訪は言った。

たぶん、当たっている。

それは、常々諏訪が思っていたことだ。

妹のことで、榎田に感謝しているのは知っている。芦澤を恨むことで自分を保っていた木崎が、それを無意味で虚《むな》しいことだと気づいたのは、榎田のおかげだ。

感謝の気持ちが、恋愛感情に発展してもおかしくはない。

今時めずらしいくらい純情でまっすぐな男を芦澤の側《そば》で見ていれば、そうなるのが自然にさえ思えてくる。芦澤に言うとまた話がこじれるため内緒にしているが、木崎は榎田にそういう感情を抱き始めているのではないかと、このところずっと感じていた。

「何をおっしゃるんです?」

「違いました?」

「不愉快なことを言う人だ。男が男に、そう簡単に惚《ほ》れたりするはずがないでしょう。ご自分がそうだからといって、わたくしに当てはめないでください」

容赦ない言葉に、思わず苦笑する。

木崎には、あまり好かれていないだろうという自信はあった。この男のような堅いタイプの人間には、節操なく男を喰《く》う人間なんて、軽蔑《けいべつ》の対象にしかならないだろう。

自分でも、時折自分が嫌になってくる。

なぜ、男と寝るのか――。

その理由もわかってはいたが、どうすることもできなかった。そうしなければ、自分を保っていられなかった。だから寝た。そして、それがズルズルと続いている。それだけだ。

しかし時々、榎田のように純粋な男を見ると、死にたくなることがある。

自分にはない、純粋でまっすぐな心を持った男。曇りない目。

羨《うらや》ましくて羨ましくて、たまらなくなることがある。決して手を触れてはいけない、憧《あこが》れの存在だ。だから、榎田には幸せになってもらいたい。

ぐずぐずと考えていると、その隙《すき》をついたかのように木崎は五杯目のカクテルを注文した。

「もう、いい加減にやめたらどうです？　そんなに荒れるほど榎田さんのことが好きなら、当たって砕けろの精神で、自分の気持ちを伝えたらいいじゃないですか」

「誤解しないでください。榎田さんのことは、なんとも思ってません」

「じゃあ、どうして荒れてるんです？　普通じゃないですよ？」

「あなたこそ、芦澤にまだ未練があるんじゃないですか？」

「まぁ、躰《からだ》の相性が一番よかったセックスフレンドをなくしたのは、残念ですがね」

「だから、後釜《あとがま》にちょうどいい男を求めて、あちこちで喰いまくってるんですか？」

「よくご存じで」

酔っ払いに絡まれて、まともに相手をするつもりはない。

諏訪は適当にあしらうことにした。これまでも、ひと晩限りだという約束を忘れ、他の男と寝るのかと恋人気取りでしつこく絡んでくる男をあしらってきたこともある。それと似たものだと思えば、難しいことではない。

「あなたは、榎田さんとは違う」

「なに当たり前のことを言ってるんです？　あの純情な人と比べるなんて、失礼でしょ」

「あなたは、榎田さんとは違う。まったく似ていない」

いい性格をしている。

さすがにムッとして、諏訪は嗤《わら》いながらグラスを口に運んだ。

「あなたが誰《だれ》と寝ようが、わたくしの知ったことではない。あなたが芦澤の代わりの男を探そうがどうしようが……、あなたが芦澤の言う通り、男を咥《くわ》えずにはいられない淫乱《いんらん》かどうかなんて……いや。そんなことをじゃない。そんなことじゃあ……。……申し訳ありません。あなたを傷つけるつもりなど、ないんですが」

支離滅裂。

本格的に酔ってきてるな……、と思いながら、わざと口許《くちもと》に笑みを浮かべてみせる。

「残念でしたね。わたしは傷つくようなタマではないんです」

こんな子供じみた挑発をするなんて、よほど佐倉の事件で精神的なダメージを受けたのだろう。

木崎も、今でこそ組では重要な人物になっているが、もともとは、ちゃんとした家庭に生まれた人間なのだ。根っ子のところは、真面目《まじめ》に違いない。

「ニコラシカ」

また強いカクテルを頼む木崎の声に、ため息が出る。

諏訪は、暴走するサイボーグのことは放っておくことにした。


数時間後、諏訪は木崎に肩を貸し、自分のマンションの玄関を潜《くぐ》った。靴を脱ぐよう言い、必死で足を前に踏み出す。

(お、重い……)

木崎が悪酔いしているのは気づいていたが、顔色が変わらないため、少し油断していた。気がつけば一人では歩けないほどしたたかに酔い、こうして諏訪が連れて帰ったというわけである。

「しっかりしてください。——木崎さん！　もう、自分で歩いてくださいよ」

なんとかリビングのソファーまで歩かせ、それに座らせた。

自分がこうして甲斐甲斐《かいがい》しく酔っ払いの世話をするなんて、初めてだ。木崎でなければ、途中どこかの道路に捨ててきた。そうしてくればよかったと、今さらながらに後悔する。

「わたくしのことなど、ほっといてください」

「ええ、ほっときますよ。わたしは世話を焼くのは苦手なんで。水は勝手に飲んでください」

「持ってきてくれないのですか」

「ほっといてくれと言ったのは誰です？　榎田さんなら、優しく介抱してくれたでしょうけど」

「ええ、あの人は、こんなふうに乱暴に放り出したりはしません」

諏訪は木崎をリビングに置き去りにし、自分だけシャワーを浴びにバスルームへ向かった。

カランを捻《ひね》り、熱めのお湯を勢いよく出して頭から被《かぶ》る。

イライラしていた。

酔っ払いのたわごとに、何を本気になっているんだと思うが、感情は治まらなかった。

諏訪は、嫉妬《しっと》しているのだ。憧れている。本当は、きっと榎田のようになりたいのだ。それがわかり、また、死にたくなっている自分に気づく。

榎田のような存在は自分には眩《まぶ》しすぎて、目を伏せたくなる。見ていられない。

あんなふうにまっすぐでいられたら、どんなにいいだろうか——とうの昔に諦《あきら》めた思いが、なぜか今頃になって頭をもたげる。憧れても憧れても、手にできない美しさ。汚れきった自分は、夢見ることすら許されない。

（馬鹿なことを……）

諏訪は自分を落ち着かせるために一度大きく息を吸い、それをゆっくりと吐いた。そして全身を綺麗《きれい》に洗ってすっきりさせると、バスローブに身を包んでリビングへ戻る。

ソファーで寝ているはずの木崎の姿はなく、シンとしていた。

（帰ったか……）

少しホッとし、諏訪はキッチンに飲み物を取りに行こうと踵《きびす》を返した。そして、いきなり現れた人物とぶつかり、心臓が飛び出すほど驚く。

「……っ！　……き、木崎さん」

気配を殺すのは意図的か、自然に身についてしまった癖なのか——。

誰もいないと思っていただけに、激しく打ち鳴らされる心臓の拍動はすぐには治まらず、いつまでも諏訪の胸を内側から叩《たた》いていた。

「節操なく男と寝るのに罪悪感は？」

「は？」

「キッチンにありました。あんなところでも、するんですね」

木崎が差し出したのは、未使用のコンドームだった。明らかな男の痕跡《こんせき》。

数日前、連れ込んだ男とキッチンでセックスをした。その時に男が置いていったのだろう。キッチンを使うことなどほとんどないため、まったく気づかなかった。

諏訪は「それがどうした」とばかりに、挑発的に木崎を見上げる。

「しますよ。興味があるなら、わたしと寝てみます？　案外男もイイもんですよ。それとも嫌いな男と寝るのは嫌ですか？」

「嫌い？」

「……ああ、嫌いってのは語弊がありました？　嫌うというより、軽蔑してる。ヤクザなんかやってますけど、本当は真面目なんですよね、木崎さんは。節操なく男を喰い散らかしている人間なんて、軽蔑の対象以外の何物でもないと思いますが」

木崎の目の前で、幾度となく芦澤と寝た。ベッドなど使わなかった。見せつけるように、わざと大胆なことをしてみせた時もある。あんなところを見られているのだ。軽蔑されて当然だ。

図星でしょう……、と続けると、木崎は怒ったように言う。

「いつまで、男を喰い散らかす気ですか」

「さぁ、いつまでですかね。ジジィになって性欲がなくなる頃までかな」

すでに、売り言葉に買い言葉レベルの言い争いだ。いい加減、こんなことを続けても無意味だとわかり、諏訪は話を終わらせようと木崎に背中を見せる。

「やめましょう。どうしてわたしと木崎さんが、夜中にこんなくだらない話をしないといけないんです？　襲ったりしませんから、ソファーを使ってくださいね。じゃあ、おやすみなさい」

　諏訪は寝室に向かった。

　正直、もう木崎の相手をするのはうんざりだった。あのサイボーグのような男が、子供のようにいちいち絡んでくるなんて、最悪だ。手に負えない。

　しかし、ドアを閉めようとした瞬間、木崎がベッドルームに滑り込んでくる。

「！」

　中に押し込まれ、されるがままベッドの側まで連れていかれ、抵抗する間もなく押し倒された。自分を見下ろす木崎の目に身動きが取れなくなり、しばし睨《にら》み合う。

　沈黙を破ったのは、諏訪のほうだった。

「何……するんですか」

「自分と寝てみるかと誘ったのは、あなたです」

「……っ、本気ですか？」

「わたくしは、冗談は嫌いなんです」

　唇を奪われそうになり、寸前でそれをかわすと、挑発的に笑ってやる。完全に組み敷かれているが、そう簡単に言いなりになってやるほど、優しくはない。

「わたしは、躰だけの関係の相手とは、キスはしない主義でね」

「芦澤とはしておりましたが？」

「……ああ、あれは……あんまりセックスが上手いから、特別ですよ」

木崎の目が、一瞬鋭くなる。

「そう言って、本当は誰とでもしてるんでしょう？　あなたは、本当に男好きの淫乱だ」

「だから、それはよくご存じかと……ぁ……っ、……っ」

ベッドにうつ伏せにされ、バスローブを剝《は》ぎ取られた。

性急な仕種《しぐさ》で自分のネクタイを緩め、上着を放り出して自分に伸《の》しかかる男の荒い息使いに、恐怖にも似た思いが湧《わ》き上がる。

これとは比べられない激しいセックスなど、幾度となく経験した。それなのに、なぜ怖がっているのか、わからない。

「あう……っ」

唾液《だえき》で濡《ぬ》らした指で後ろを探られ、そのまま指を挿入された。手順は間違っていないが、やり方を知っているだけで、慣れてはいない。「男を抱くのは初めてなんだな……」と思い、そんなことがわかる自分が、つくづく嫌になった。

「乱暴にされるのが、お好きなんでしょう？」

「乱暴なのにも……っ、やり方は、ある……ん、ですがね……——ぁ……っ」

「黙っててください」

木崎は怒張したものを押し当て、無理やりねじ込んでくる。

唾液と先走りが潤滑油の代わりになるが、それだけでは十分と言えず、ほとんどレイプに近い強引さで奥まで挿入された。

「ぁう……っ、――ぁあ……っ！」

諏訪を引き裂いたものは、木崎の怒りそのもののようで、快楽とは程遠いものだった。あまりのつらさに枕《まくら》をぎゅっと握り、漏れる苦痛の声を抑えようとする。動かないでと懇願するのは癪《しゃく》で、ただ耐えた。

「どうしたら、あんなふうに声をあげるんです？」

「自分で……考えたら……――ぁう……っ、……っく、……ぁあ」

木崎はゆっくりと腰を引き、再び奥まで深々と収めた。

驚いたのは、この男でも性欲というものを持っていたことだ。余裕を欠いた男の吐息は獣じみていて、普段の木崎とはまったくの別人だった。

そう思うと、急に快楽が姿を現し、嵐《あらし》のように諏訪を一気に呑《の》み込もうとする。

「ぁ……っく、……んっ、……んぁ、――あぁぁ……」

このまま流されてしまいたかった。相手が木崎でなければ、そうした。だが、なぜか素直にそうする気になれずに、かろうじて残る理性を必死で摑《つか》んでいた。

これは意地だ。

切れ切れに息をしながら枕を握りしめていると、木崎が諏訪の手を包むように重ねてきて指を

絡ませてくる。愛してると言うように執拗《しつよう》に指を絡められ、ついそれに応《こた》えてしまう。

強く握り返し、この行為の中で唯一優しさを感じるものに縋《すが》った。

だが、次の瞬間――。

「あなたは、榎田さんじゃない」

「！」

諏訪はうっすらと目を開けると、揺さぶられながらククッ、と笑った。そして、悔しさに唇が切れるほど強く嚙む。そんなことは、言われなくてもわかっているつもりだった。

手なんて握られて、勘違いをしそうになっていた自分が腹立たしい。

「さすがに……っ、そう、何度も言われると……不愉快、なんですが……」

「なぜです？」

「そんなの、……わかってますよ。わたしはあの人のように、綺麗でも、純粋でも……」

「そういう意味では、ありません」

諏訪の言葉を遮るように言うと、木崎はこう続けた。

「あなたは……、あなただ」

怒ったような口調が、強烈な印象となって諏訪の耳に飛び込んでくる。

しかし、木崎がなぜそういうことを言うのか、わからなかった。それがどういう意味なのか、どういう意図があって言っているのか。

そして、なぜこんなふうに自分を抱くのかも、わからない。

「ぁあ……っ、んぁあ、……はぁ……っ、……ぁ……っ！」

次第に頭がぼんやりとしてきて、諏訪は快楽の虜《とりこ》になっていった。混乱と、木崎が荒い息を吐きながら自分に腰を打ちつけているというこの現実に、なんとか放さずにいた理性も、次第に指の間から逃げてしまう。

この行為に夢中になるのをどうすることもできず、最後は耳許で唸《うな》るように低く喘《あえ》ぐ木崎の声を聞きながら、注がれる愉悦をただ貪《むさぼ》っていた。


翌朝、諏訪は疲労の中で目覚めた。十分に寝たはずなのに、躰が鉛のように重い。

ぼんやりと目を開け、昨夜《さくや》の情事を思い出した。

「最低……。……痛……っ」

起き上がると腰に鈍痛が走り、諏訪は顔をしかめた。ここまでひどく抱かれたのは、久しぶりだ。いい歳《とし》をした大人が、あんな行為に走るなんて、どうかしていると思った。

もう二度と、木崎とは寝ない。

そう決心してベッドから這《は》い出て、バスルームへ向かう。

シャワーを勢いよく出して中に残った木崎の痕跡をかき出し、全身をくまなく洗った。

忘れたかった。忘れなければと思った。

躰を綺麗にすると、新しいバスローブに身を包み、キッチンで水分を取ってからベッドルームに戻る。

乱れたシーツと脱ぎ捨てられたバスローブ。生々しい光景だ。

ふと、木崎のネクタイが落ちているのに気づき、諏訪はそれを拾ってじっと眺めた。なぜ、これだけ置いていったのか、わからない。単に忘れていったのだろうと思い、一度キッチンに戻ってゴミ袋を取ってくると、それを汚れたシーツとともに放り込んだ。バスローブもついでに捨てる。屑籠《くずかご》の中のゴミもだ。

木崎の痕跡が一切残らないように、全部処分する。

それが終わるとベッドに座り、ぼんやりとした。思い浮かぶのは、木崎の怒ったような声。

『あなたは……、あなただ』

あれの意味が、いまだにわからない。だが、それでいいんだと思うことにして、まだふらつく足で窓に近づきカーテンを開けた。

空は晴れ渡っており、降り注ぐ太陽の光は眩しく、清々《すがすが》しい空気で満ちている。

諏訪はそれを見ながら、自分になんて似合わない朝なんだと心底思うのだった。

あとがき

こんにちは、中原一也です。極道シリーズも三冊目となりました。これも応援してくれる皆さんのおかげです。

シリーズ二作目は割とよく見られるプレイだったんですが、一作目が綿棒でしたから、今度は何をさせようかといろんな資料を見て回りました。世の中にはどんなプレイがあるのかと、未知の領域へ足を踏み入れたのでございます。

それはそれは興味深い世界でございましたよ。私の想像力なんて、まだまだでした。

このシリーズはドラマCDも出して頂いているのですが、芦澤役の声優さんが「極道2」の収録の時に「俺、あれやってからしばらく、周りに綿棒綿棒言われちゃってさ〜」と笑っておられました。あはははは……。(す、すみません)

ところで「暴走するサイボーグ」ですが、この二人は読者さんから人気がありまして、二作目の時も短編を書く予定だったのですが、残念ながら入らず、ようやく今回ノベルズに収録して頂くことになりました。やっとお披露目できて嬉しいです。

実はもうちょっと長い話もあったんですが、ページ数の関係でとても入りきらなかったので、急遽今回の話を考えました。ページ数が足りていたら、生まれていなかった話だと思うと、なんだかいとおしいです。これも一つの運命でしょうか。

それでは最後に、お世話になった方々にお礼を申し上げたいと思います。

挿絵を担当してくださった小山田あみ先生。今回も極上の男たちをありがとうございました。収録の時にお会いして以来、お優しい言葉をかけて頂いたりと、お世話になりっぱなしです。

それから担当のＦ山様。デビューして間もない頃からお世話になっておりますが、ようやくシリーズ物なんて出してもらえるようになりました。恩返しできるよう、これからも頑張ります。

そして応援してくれる読者様。皆さんからの励ましの言葉に、何度救われたことでしょう。皆さんの応援なくしてはこの話も生まれなかったかと思うと、感謝してもしきれません。

また作品を通してお会いできることを、祈っております。

中原一也

芦澤さんと榎田クンが
愛と絆を深めゆく姿に
顔をほころばせながら
弁護士さんとサイボーグさん
たちの幸せを願う
欲張りな私です。
ということで
淫乱だけど
実はさみしんぼ(!?)
な諏訪さんを…
あと、刺青カラー初で
大変でしたが萌えながら
描けて楽しかったです!
Yamada Kumi

この本を読んでのご意見・ご感想・
ファンレターをお待ちしております。

〒101－0051
東京都千代田区神田神保町２－４－７
久月神田ビル７Ｆ
(株)イースト・プレス　アズ・ノベルズ編集部

極道はスーツに刻印する

2008年2月20日　初版第１刷発行
2012年5月 1 日　初版第３刷発行
著　者：中原一也
装　丁：くつきかずや
編　集：福山八千代・面来朋子
発行人：福山八千代
発行所：㈱イースト・プレス
〒101－0051
東京都千代田区神田神保町２－４－７
久月神田ビル８Ｆ
TEL03-5213-4700　FAX03-5213-4701
http：／／www.eastpress.co.jp／
印刷所：中央精版印刷株式会社

ISBN978-4-87257-892-8　C0293